Mémoires intimes d'un pauvre vieux essayant de survivre dans un monde hostile

Du même auteur :

Romans

Cantique de la racaille, Flammarion, 1994.
Wendy, Flammarion, 1996.
Nostalgie de la magie noire, Flammarion, 1997.
Les Souris ont parfois du mal à gravir la montagne, Le Seuil, 2000.
L'Effacement progressif des consignes de sécurité, Le Seuil, 2001.
Wendy 2 ou les Secrets de Polichinelle, Flammarion, 2004.
Ma fille a 14 ans, Librio, 2005.
La Vie miraculeuse du clochard André, Flammarion, 2006.
Hépatite C, Flammarion, 2007.
15 ans et demi, Flammarion, 2008.
Héros, Personnages et Magiciens, Fayard, 2008.
Cantique de la racaille. Opus 2, Fayard, 2010.
Proprio, Le Diable Vauvert, 2012.
Bonbon désespéré, Le Rocher, 2016.
Sainte-Croix-les-Vaches, Fayard, 2018.
Le retour d'Horace (*Sainte-Croix*, tome 2), Fayard, 2019.
La fin des haricots (*Sainte-Croix*, tome 3), Fayard, 2020.

Nouvelles

Un pur moment de rock n roll, Le Dilletante, 1992.
Les clefs du bonheur, Le Dilletante, 1993.
Vol de sucettes, Le Dilletante, 1995.
Recel de bâtons, Le Dilletante, 1995.
La vie moderne, Le Dilletante, 1996.
Treize contes étranges, Le Dilletante, 1999.
Nouvelles du monde entier, Le Seuil, 2003.
Nouvelles du monde entier II, Fayard, 2009.
Nouvelles : édition intégrale, Le Diable Vauvert, 2020.

Poèmes

Une orange roulant sur le sol d'un parking, Le Diable Vauvert, 2004.
Les insectes, éditions du Bourdaric, 2015.

Essais

L'auteur, Le Dilletante, 1995.
PEP projet d'éducation prioritaire, Mille et une nuits, 1996.
Pour une nouvelle sorcellerie artistique, Librio, 2001.
Le Retour de l'auteur, Le Dilletante, 2009.
Bois sacré : initiation à l'iboga (avec Mallendi et Agnès Paicheler), Le Diable Vauvert, 2017.

Vincent Ravalec

Mémoires intimes d'un pauvre vieux essayant de survivre dans un monde hostile

roman

Fayard

L'auteur a reçu le soutien du Centre national du livre
pour la rédaction de cet ouvrage.

ISBN 978-2-213-71649-7

Pour Camille.
À ma famille, à mon grand-père,
à mes petites filles, Z. et M.

Avertissement

Les personnages, comme les situations, qui animent et traversent ce livre ne sont évidemment qu'un produit de l'imagination débordante de l'auteur. Toutes ressemblances avec des éléments de la vraie vie ne sauraient être que le fruit d'une époustouflante coïncidence. Qu'on se le dise !

Préambule

J'ai commencé à écrire ce livre à l'automne 2019. J'y pensais depuis un moment. Le lent déclin de l'été, le doux rougeoiement des feuillages, annonçant l'hiver, me semblait un déclencheur propice à cette salutaire réflexion sur ma propre finitude. Je n'avais pas anticipé que, quelques mois plus tard, nous basculerions dans une nouvelle séquence des hostilités, rendant à la fois mon projet un peu caduc – qui pouvait se soucier du sort d'un pauvre vieux, d'autant plus qu'il s'agissait de moi, alors que le monde était frappé d'une terrible pandémie ? –, mais paradoxalement lui donnant aussi de nouvelles opportunités. En effet, comme j'ai mis plus de temps à l'écrire, je suis devenu encore plus vieux, et le monde s'étant révélé encore plus hostile – une guerre est même survenue – il a été encore plus délicat de survivre. En toute logique, si on se plaçait d'un point de vue purement scénaristique, cela n'a pu qu'en booster les enjeux, et donc, je l'espère, l'implacable intensité littéraire.

« Je découvrais cette action destructrice du Temps au moment même où je voulais entreprendre de rendre claires, d'intellectualiser dans une œuvre d'art, des réalités extratemporelles. »

Marcel Proust dans *Le Temps retrouvé*,
œuvre littéraire du début XXe

« Rien de ce qu'il se passe au lycée n'est éternel. »

Euphoria,
œuvre audiovisuelle du début XXIe

SAISON 1

VIEILLIR !

1

Je me rappelle très bien comment j'avais vendu ce livre à mon éditrice. En lui énonçant le titre. Lorsque vous vendiez un projet – car aujourd'hui il fallait vendre les projets, c'était une condition *sine qua non* pour qu'ils existent, les intégrer sitôt leur conception dans le flux de l'économie, en les plaçant sur une gondole virtuelle où ils pourraient peut-être avoir une chance de voguer, vaillants et conquérants, sur les flots tumultueux de ce qui était devenu le seul étalon viable : leur valeur marchande potentielle –, lorsque vous en étiez à ce moment décisif, celui d'un coït possible (ou d'un pschit), l'on distinguait dans la seconde si le poisson mordait ou pas. Si une lueur d'intérêt traversait fugacement les prunelles de votre interlocuteur. Pour un livre, un film, un scénario, c'était pareil. Les gens étaient submergés – en tout cas ceux de l'écosystème à qui j'avais la possibilité de m'adresser –, constamment sollicités. Par des auteurs, des scénaristes, des réalisateurs. Alors qu'eux-mêmes couraient après des financements, devaient justifier des bilans, dans un monde où rien n'était tout à fait certain, à commencer par leur propre place dans la sarabande qui animait le bazar – le game selon la terminologie plutôt juste du moment. Ce n'était donc pas chose facile que de « vendre des projets », en tout cas des « projets persos ». Cela demandait souvent astuce et pugnacité. Il était rare que, toc, du premier coup, on vous dise banco, tope là ! Mais c'est ce qu'il s'était passé. Je n'avais même pas fini ma phrase, *vieux* et *monde hostile* et *survivre*, qui avait résonné dans la salle du fond du Select – celle où mon éditrice avait l'habitude de me donner rendez-vous –, que c'était dans la boîte. Les vieux étaient la nouvelle donne, que personne n'avait tout à fait bien prévue. On n'était plus jeune. On était vieux. Rien d'anormal à cela, c'était dans l'ordre des choses. Oui, sauf que là, nous étions face à un mouvement collectif. Car « on », c'était tout le monde. Nous étions passés, nous les Occidentaux, d'un monde de jeunes à un monde de vieux. Une femme de plus de dix-huit ans sur deux en avait plus de cinquante. Et ce n'était que le début. On prévoyait un pic dans les années à venir. Un truc monstrueux. La citadelle occidentale transformée en maison de retraite. Les vieux étaient une déferlante. C'était épouvantable. Mais économiquement pas dénué d'intérêt. En tout cas dans le secteur de l'édition. Pourquoi ? Parce que les vieux venaient de l'Ancien Monde. Celui où cela paraissait normal de payer pour un bien culturel. Ce qui n'était pas le cas des jeunes. De plus, les vieux lisaient. Ce qui n'était pas non plus le cas des jeunes. Et les vieux, laborieux, retraités, économes, avaient les moyens d'acheter des livres. Ce qui, là encore, n'était pas le cas des jeunes. Qui de toute façon ne voyaient pas du tout, même quand on leur expliquait, et qu'on leur donnait de l'argent pour cela, pour quelle raison il aurait fallu payer pour un bien qu'en deux clics on pouvait obtenir gratis via Internet. Donc un journal intime, sur un ton drôle, « Si, vraiment poilant je te jure, ah, ah, hyper fun, enfin avec mon humour, tu vois ! », cochait pas mal de cases.

– Et le côté « monde hostile » et « survie », tu le traites comment ?

– Drôle, si, drôle bien sûr, mais aussi âpre. Je veux dire, journal intime de moi dans jungle urbaine, survival écrivain vieillissant.

– Avec une résonance sociale ?

– Peut-être pas à ce point. Mais si, oui, résonance sociale. Enfin, je veux dire, résonance sociale dans laquelle tout le monde se reconnaît. Vieillir, c'est universel.

Il n'y avait pas tromperie sur la marchandise. Je savais exactement comment le livre allait démarrer. J'avais déjà commencé à l'écrire. C'était un sujet grave. Le genre de sujet qui vous prenait aux tripes et qui nécessitait un livre. Un livre urgent. Un livre important. Un livre qui était comme un torrent de lave. Un livre que je DEVAIS écrire. C'était un cri. Voilà. Le cri d'un pauvre vieux. Ça démarrait de cette façon. Sans fioritures. Sans rien cacher de la sinistre vérité. De la hideuse vérité.

Un jour j'étais devenu vieux… Ce n'était pas arrivé soudainement, comme si j'étais passé d'un temps à un autre temps. D'un état à un autre état. Non. Je ne m'étais pas éveillé un matin, hurlant de saisissement, me disant : « Purée, je suis vieux, quelle horreur ! » Cela s'était passé comme cela se passe. J'avais d'abord réalisé que j'allais vieillir. Puis que j'étais en train de vieillir. Puis, comme cela perdurait, que selon toute probabilité, j'allais devenir vieux pour de bon, j'avais fini par me dire qu'il allait être nécessaire de me faire à cette idée. Ne serait-ce que parce qu'elle paraissait inéluctable. Jeune, tu avais été. Vieux, tu deviendras.

Ce n'était pas enthousiasmant, alors que cela aurait pu l'être. Tranquille et sage vieillard, aux cheveux blancs, plein de bonté, de douceur et de philosophie – mais ça, c'était de la flûte, j'y croyais de moins en moins. Juste un bullshit de plus.

Je n'avais jamais pensé vieillir. Je n'avais pas envisagé cette éventualité. Elle ne me correspondait pas. Je n'étais pas fait pour ça. J'avais une conception de l'être basique, pour lequel il existait deux statuts viables. Vivre. Ou être mort. Les autres états, comme malade, et maintenant vieux, ne me semblaient pas concevables. Enfant m'avait gêné. Le manque d'indépendance, d'autonomie. Devoir supporter la sidérante crétinerie de la majorité des adultes. Tout cela me laissait le souvenir déplaisant d'un carcan sans grand intérêt. Si l'on avait la chance d'être en vie, n'était-ce pas pour expérimenter, réfléchir, trouver ? Et comment le faire en étant constamment surveillé, brimé, stoppé dans ses élans ? La condition enfantine ne me laissait pas de souvenirs sympathiques. Mais au moins pouvait-on ronger son frein, guetter le moment où il serait possible de s'affranchir du joug pesant de la dépendance parentale, et à la première occasion, se confronter à la life de ses propres ailes – d'ailleurs, pour ma première fugue, n'avais-je pas dix ans ?

Vieux, c'était craignos. On n'avait plus « la vie devant soi ». C'était même l'inverse. Je détestais les vieux. Et j'allais en devenir un. C'était déconcertant.

Le premier signe – oh my God, avais-je ce soir-là mesuré *réellement* ce qui m'attendait ? – avait été l'infarctus dont j'avais été victime.

Cela avait été la charnière. Je m'en rendais compte rétrospectivement (et il était important de pointer dans mes confidences les grandes étapes de la prise de conscience, les réflexions qui en avaient découlé, et les solutions qui m'étaient apparues, de façon à faire de ce journal intime, en plus d'un roman en prise sur la réalité, un guide, comme je l'avais implicitement promis à mon éditrice, plein d'enseignements, de solutions pertinentes).

Un vrai futur vieillard éclairé apportant à d'autres futurs vieillards lumière et réconfort, c'était ça la baseline – et le ticket garanti pour le carton éditorial. Quelque chose de simple à pitcher, que l'attachée de presse pouvait comprendre sans explication de texte.

– Tu vois, c'était vachement important pour moi que tous ceux qui sont dans le même cas – c'est-à-dire des millions d'acheteurs de livres potentiels – puissent trouver dedans un *récit cohérent*!

– Mais tu as vraiment fait un infarctus?

En vérité, non, cela n'avait pas été tout à fait un infarctus, mais à ce moment-là, comme j'étais encore hypocondriaque – jusqu'à moins de cinquante-cinq ans on peut se permettre d'être hypocondriaque, c'est même assez tonifiant: «Vrai? Vous êtes sûr? Je ne vais pas mourir? Ce grain de beauté n'est pas un cancer naissant? Ma migraine n'est pas un début d'AVC? Je ne suis pas *en train* de mourir? Wouah, super nouvelle, ça me file la patate pour la matinée!» –, j'avais cru que c'était un infarctus. En fait, non, ce n'était pas un «accident cardiaque». Mais c'était la période où, pour rester en bonne santé, j'avais décidé de me soucier de mes abdos et pectoraux. Je m'étais mis «à la muscu comme un ouf» (ce qui était d'ailleurs, maintenant que j'y pense, un signe patent: quand vous vous mettez à faire du sport, pas pour le fun, mais parce que dans un arrière-coin de votre cerveau klaxonne comme une nécessité d'éviter la lente transformation de vos muscles en un truc graisseux et flasque, c'est que vous êtes sans nul doute en pré-pré-vieillesse, c'est-à-dire pas encore la cata, mais le début de l'alerte orange – muscu pour les garçons, Pilates ou yoga pour les filles).

Quand l'«accident cardiaque» était survenu, j'étais en train d'expérimenter ce stade, assez inconscient en fait, je pensais juste être dans une logique d'athlète, de winner. Moi poussant de la fonte avec mes petits bras pour me confronter en warrior aux pulsions animales du monde moderne que nous étions, nous pauvres urbains pressurés, obligés chaque matin de défier.

Mais le sport avait eu raison de mes tendons en phase de rigidification. Après quelques mois d'un rythme intensif, pendant lesquels je m'étais astreint à un entraînement d'enfer, j'avais été réveillé en pleine nuit par des douleurs atroces dans les épaules, m'indiquant – sans aucun doute possible, j'avais lu deux mille trucs là-dessus, les élancements dans les bras, le souffle court, je n'avais pas la douleur dans la mâchoire, mais elle n'était pas systématique, c'était précisé partout – que mon cœur était en train de lâcher.

Je me souviens avoir titubé jusqu'aux urgences, la tête me tournait. L'hôpital n'était pas loin, comme j'étais hypocondriaque j'y allais souvent, mais là c'était sérieux, je sentais que j'étais en train de mourir, et j'avais cru tourner de l'œil plusieurs fois avant de parvenir dans le hall des urgences. Je me rappelle avoir traversé comme une loque en panique les grandes portes vitrées qui s'ouvraient toutes seules, avec évidemment le camion des pompiers garé devant, dont aucun ne m'avait même adressé un regard. Je me souviens avoir bousculé les vrais mourants qui agonisaient sur leurs brancards, et avoir hurlé qu'on appelle un spécialiste, en m'effondrant dans un box que l'imminence de mon trépas m'avait fait attribuer en priorité, laissant les autres éclopés sur la ligne de départ. L'interne qui était venu, après que l'infirmière eut vérifié que mon cœur était normal, m'avait proposé de lever les bras. J'avais une double tendinite. Il m'avait questionné sur mes pratiques sportives, et quand j'avais détaillé mon rythme effréné, il avait hoché la tête, et après avoir demandé mon âge – j'avais dans les quarante-huit ans –, m'avait répondu, d'un ton placide, logique, un ton d'évidence, détaché – un ton de jeune : « Il faut peut-être que vous réalisiez que vous n'avez plus trente ans. »

« Ah, j'avais dit. Vous croyez que cela a un rapport ? »

J'étais quelqu'un en apparence plutôt civil. La politesse et la courtoisie étaient importantes pour moi. Je réservais mes états d'âme, mes turbulences réactives, mes sursauts émotionnels, à mon dialogue intérieur. Je travaillais dans le cinéma depuis trente ans. J'avais l'habitude de sourire alors qu'on me chiait sur la gueule. Cela avait été une des clefs de ma pérennité jusqu'ici. Je me souviens avoir pensé : « Qu'est-ce que t'es en train de me dire, tête de con ? Que je ne peux pas faire de la muscu si j'en ai envie ? » Je crois que j'ai failli lui mettre un coup de boule psychique, mais que je ne l'ai pas fait, parce que d'une part j'étais soulagé de ne pas être en train de succomber à un infarctus, mais aussi car il était en train de rédiger l'ordonnance, que j'avais sacrément mal, et tout aigrefin qu'il était, à m'assener ce scud inconvenant, sa médication allait peut-être me soulager.

Cela avait été le premier signe m'indiquant que nous rentrions dans une autre cour. Que l'aire de jeu allait changer. Qu'on allait basculer vers une autre partie du stade. « Il faut peut-être que vous réalisiez que vous n'avez plus trente ans. » Comment pouvait-on tenir des propos aussi aberrants ?

2

À la réflexion, il y avait eu un autre signe, que j'avais accepté avec plus de philosophie, celui du « vouvoiement de la stagiaire ». Il était arrivé quelques années avant l'épisode de l'infarctus des épaules. Je réalisais un petit film. Je me souviens c'était avec J.B., un acteur assez connu – du moins connu à l'époque, maintenant, le pauvre, je l'ai aperçu l'autre jour dans la rue, il était presque dead lui aussi (beaucoup plus que moi, lui était déjà *vraiment* vieux, alors que moi j'étais encore dans la trouille abjecte de le devenir *en vrai*).

Le premier jour du tournage, j'avais dragouillé la stagiaire. Vaguement. Juste une légère ouverture – entendons-nous, qu'il n'y ait pas de confusion, je n'ai jamais profité de ma situation de réalisateur pour obtenir la moindre contrepartie du corps de quelqu'un, et d'ailleurs, soit que je manque cruellement de charisme, soit que mes films n'offrent pas suffisamment de potentiel, personne ne me l'a jamais non plus proposé. Mais le fait de traverser l'aventure formidable d'un tournage pouvait déboucher sur un éventuel rapprochement, encore une fois sans rien de scabreux, reprécisons-le. Quoi qu'il en soit, ce jour-là, j'avais obtenu un retour inédit. Elle m'avait vouvoyé. J'avais rétorqué par un nouveau tutoiement chaleureux. Cela n'avait eu aucun effet. Je crois même qu'elle m'avait appelé « monsieur ». « Je le pose là-bas, monsieur, le retour vidéo ? » Quel âge avait-elle ? Dans les vingt-cinq, vingt-six ? J'en avais vingt de plus.

J'aime l'introspection. La vie a toujours été pour moi une grande et merveilleuse école. Et j'aime être à l'écoute de ce qu'elle me raconte, de ce qu'elle m'enseigne. Or, là, clairement, l'univers était en train de m'informer de quelque chose que je fis d'abord mine de ne pas comprendre, mais dont le sens intrinsèque – horrible, ignoble – m'apparut assez vite. Qu'il fallait que je change mes paramètres. Je n'avais pas d'attirance particulière pour les jeunes filles. Mais je ne me voyais pas non plus comme quelqu'un de vieux. Pas du tout en fait. Je me sentais dans une logique d'égalité sur le plan des échanges dans un monde d'adultes consentants. Pas vieux d'un côté/jeune de l'autre. Ce vouvoiement, dans ce qu'il induisait, était donc la manifestation d'une face sombre et terrible de l'existence. Il la pressentait. Et cette face sombre klaxonnait impitoyablement deux mots terribles : *Fin & Décrépitude*.

Je n'y avais pourtant pas attaché plus d'importance que cela. Le premier choc passé, cela m'avait même paru aller dans la bonne logique des choses. Il y avait un gap dû à l'âge qu'il me semblait normal de respecter. Je ne me voyais pas, c'est vrai, engager une relation avec une fille quasiment de l'âge de… ma fille. J'avais ainsi facilement chassé ce nuage, et n'y avais plus pensé.

J'avais vieilli. Soit. La stagiaire me vouvoyait. So what ? De toute façon, qu'aurions-nous eu à nous dire ? Pas grand-chose probablement. Et il me restait encore de beaux jours devant moi. J'en étais certain. Là était le principal.

Cela avait été le cas. Les dix années suivantes avaient été ponctuées d'une série de relations toutes plus ébouriffantes les unes que les autres, avec des femmes de ma classe d'âge, qui, elles, n'avaient pas jugé bon de me vouvoyer. Des relations chaotiques, souvent compliquées, mais qui ne pouvaient souffrir le moindre commentaire évoquant un croûton sur la touche. Je ne me sentais pas vieux, et pas du tout mort.

Mais c'était en train de venir. C'était un fait, pas un ressenti. Il existait une courbe mathématique, même en étant dans le déni, dont l'arc épousait l'implacabilité de la flèche du temps. Certes, je passais mes soirées à lire des bréviaires scientifiques expliquant que justement le temps était une notion sujette à caution, qu'on pouvait le relativiser – j'adorais ce genre de concept, ça me faisait triper.

Il n'empêche, chaque demain, j'avais un jour de plus. Et, de jour de plus en jour de plus, cela finissait par compter. À un moment, j'allais bien être obligé de faire l'addition.

J'étais donc face à un problème, et quand on écrit depuis longtemps, comme une extension de soi-même, comme une baguette magique qui permet que le monde, dur, rugueux, perde cet aspect compliqué et anguleux pour devenir juste de la pâte à modeler littéraire, un problème n'est pas qu'un problème, c'est facilement un sujet.

Je n'étais pas fana de l'autofiction. Encore moins du journal intime. Évidemment, je m'étais nourri de mes propres aventures pour écrire mes livres. Évidemment, Mme Bovary, c'était moi. Mais cela restait de la fiction. Même quand cela se rapprochait du récit brut, c'était toujours de la fiction. Je ne pouvais pas m'en empêcher. J'avais une espèce de diplôme de menteur, qui m'ouvrait le droit d'avoir recours au mensonge en permanence, mais seulement s'il s'épanouissait dans du texte présenté comme tel. Le journal intime était plus… intime. C'était différent. Je ne l'avais jamais pratiqué. J'avais toujours trouvé ça un poil naze les gens qui parlaient d'eux aussi crûment. Et le journal intime, c'était quand même le pompon. « Salut, c'est moi Riri, aujourd'hui j'ai eu un peu mal au ventre, et ensuite je suis passé voir ma grand-mère. »

Mais avec cette histoire de vieux, c'est pourtant ce qui me venait à l'esprit. Un journal intime. Parce qu'un roman n'aurait pas marché. Trop flippant d'avoir un vieux comme personnage. Me taper un vieux pendant la demi-année que me prenait un livre aurait été trop compliqué. Alors qu'avec la carte de : « oui, c'est bien moi qui vous parle », je pouvais jouer la dérision et tenter de fabriquer, face à cet horizon de fin de vie maintenant frappé de réalisme, un exorcisme, ne serait-ce que psychique. Ce qui commençait à urger. Des parents mouraient autour de moi, des amis déjà aussi. Mon Dieu, mais… nous ? moi ? je suis mortel ? Non, il devait y avoir une erreur, c'était incompréhensible ! Oui, quelque chose, un texte, des phrases, qui conjurent le maléfice.

Cela avait marché. De savoir que j'allais pouvoir présenter un petit objet, un livre, joyeux et grave, en contre-smatch à cette infamie, m'avait ragaillardi. En aucun cas je ne serais un pauvre vieux, résigné et rabougri, attendant la fin en étudiant le résultat de sa prise de sang. Pouah. Quelle horreur ! C'était cool d'écrire ce journal. C'était enthousiasmant. J'adorais écrire. J'étais toujours à fond au moment de commencer un livre, et j'en écrivais tout le temps. C'était le cas pour celui-là, bien sûr. Les vieux, vieillir, quel sujet inspirant ! J'avais plein d'idées, comme toujours, plein de scènes tordantes. J'étais hilare en y songeant. C'est tellement drôle. Moi vieux, ah, ah, tu te rends compte ! Mais plus j'y pensais, et plus je trouvais que c'était quand même touchy. Non pas que ce soit inconvenant. Ce n'était pas exactement ça. Mais c'était *en vrai* un sujet grave – un sujet désespéré ? Je ne pouvais pas le prendre trop à la légère.

Et puis il y avait quand même ce truc bloquant, c'est que je détestais les vieux. Et j'allais écrire sur le sujet. Était-ce contre nature ? Je n'en savais rien. Mais c'est vrai que ça me faisait du bien de commencer à aligner les phrases, à descendre les paragraphes. J'étais oppressé en fait. Un peu fébrile. Car c'était un sujet porteur. Ça, je pouvais en être certain. D'ailleurs j'avais reçu mon contrat, dans les quinze jours, ce qui était un signe. Et plusieurs proches m'encourageaient. « Un vieux qui survit dans un monde hostile ! Mais c'est génial ! C'est tellement le truc dans lequel nous baignons tous ! »

C'était vrai ! Un instant, j'avais supposé que c'était moi qui avais la berlue, qui flippait tout seul, qui voyait des vieux partout, taraudé par cette angoisse, qui exagérait le phénomène. Mais non. C'était un fait patent. Cela s'appelait le « vieillissement de la population ». Nous étions tous bel et bien en train de devenir vieux. En même temps, cela paraissait plutôt logique. Nous n'allions pas redevenir jeunes.

Le vieillissement de la population. Au moins, même si cela n'avait rien de réconfortant, je n'étais pas seul à connaître pareille mésaventure. Le désastre commençait à faire régulièrement les titres des journaux. *Le péril vieux !* – putain quelle angoisse. Les chiffres à chaque fois donnaient le tournis. On allait être plein. Plein de vieux. Déjà que je trouvais ça plus que pénible de l'être moi, il allait falloir en plus que je me cogne les autres.

Je regardai sur Internet. Le « péril » était réel. C'était comme une épidémie. Plus de vieux – et pas un peu plus, vraiment plus –, mais pire, pire, mon Dieu, plus de vieux malades, ou à demi malades ! À cause des performances de la médecine, on les maintenait, mais on les maintenait comme des vieux usés et décrépits. Pas comme des vieux pétant de santé. La grande majorité allait se traîner de service de médecine en service de médecine, avec une sortie de temps en temps pour aller à la pharmacie se gaver de molécules. J'en avais des palpitations.

Des hordes de vieillardes et de vieillards malades, parqués dans des architectures anxiogènes, odeurs de cantine fétides, geôliers campant à côté d'une machine à café, poussant des chariots à roulettes. Un film d'horreur : mon journal intime était potentiellement un FILM D'HORREUR. Non, j'allais avoir du mal. C'était un combat trop lourd pour moi. Je n'allais pas y arriver. Même si un journal intime n'était pas tout à fait la même chose qu'un roman, on s'attendait quand même à avoir envie de le lire. Or, j'allais pouvoir décrire quoi ? Les grands ascenseurs où l'on partageait l'espace, déjà restreint, avec le brancard ? Et ce corps dessus, d'où sortaient par les trous de nez des tubes et d'autres choses que je n'arrivais pas à regarder, au risque de tomber dans les pommes ? « Eh mec, c'est cool, contemple ce que tu vas devenir bientôt. » Un débris roulant dans un couloir poussé par un aide-soignant fatigué (mais jeune) qui regarderait une vidéo de chats sur son smartphone pendant qu'on serait en train de se décomposer lentement. Quel point de vue allais-je adopter ? Quel angle, quel ton, pour que cela soit fun ? Pour que tout ce truc, devant lequel on n'arrivait même pas à hurler tellement c'était tétanisant, ait un petit quelque chose qui ressemble à une aventure, à une histoire, à une balade sympa. J'avais toujours pris la life comme un théâtre, voire une mascarade. Mais que se passait-il quand on commençait à être vraiment claqué, qu'on traînait des pieds pour monter sur scène, pas parce qu'on n'en avait plus envie, mais parce qu'on avait les jambes raides, et des douleurs partout ? On pouvait demander un nouveau déguisement ? Non. Il fallait attendre que celui-là soit usé jusqu'au bout. Il y avait des restrictions budgétaires.

– Il ne faut pas exagérer non plus, tous les vieux ne sont pas grabataires.
– Tu as raison, cela dépend de comment on voit les choses.

Cette question du point de vue n'était pas une petite question. Elle induisait des choses profondes – et assez complexes. Écrire, c'était beaucoup plus que de rédiger des textes, ou même que de raconter des histoires. C'était une connexion particulière avec l'existence. J'écrivais (je réécrivais) le monde en permanence. Ma vie était un roman, en vrai. J'écrivais dans ma tête tout le temps. Des phrases. Des ajustements de style. Des cascades de mots. Un poème souvent pour conclure, qui s'évaporait ensuite quand je ne pensais pas, ce qui était fréquent, à le noter. Et quand je n'écrivais pas, je tournais un film mental. Un film génial. Avec un super montage. Aussi précis qu'un style littéraire. Mais avec de la beauté visuelle en plus. Et pour me reposer, quand je n'étais pas occupé par tout ça, je me fabriquais des installations d'art contempo incroyables, en me servant des milliers d'œuvres qui m'avaient nourri depuis des dizaines d'années. Grâce à cela le monde était plutôt pas mal. C'était même un chouette monde. Comme un trip en fait. Il suffisait de convertir la réalité, qui pouvait paraître si terne lorsqu'on la regardait sans lunettes magiques, pour qu'elle devienne vivable. Et de cette façon, ça allait. Le gap entre le monde normal et l'œuvre mentale virtuelle finissait par se rétrécir, devenait gérable. Mais vieux... Il n'était pas certain que les lunettes magiques marchent encore. Peut-être que le sujet les rebutait. Ou que, passé une certaine date, elles n'étaient plus en état de marche.

– Justement, c'est l'enjeu de ton livre. Customiser les lunettes magiques, inventer les « lunettes vintage ».

Même quand je m'étais inspiré de situations cruelles, ou terribles, elles étaient... vivantes. Et du coup, j'avais suffisamment de latitude pour embellir la « vérité ». La rendre drôle, ou plus jolie, ou touchante. Là, mon Dieu, c'était quand même chaud. On touchait à « du lourd ». Je n'avais jamais été projeté aussi frontalement face à un truc aussi atroce.

– Des tas de personnes âgées sont heureuses et épanouies. L'important, c'est de ne pas penser négatif.

Probablement. Il n'empêche, j'en avais des sueurs. J'aurais préféré rester dans le déni. Seulement j'avais trop le sens de la réalité pour ça. Je me demandais si ce journal n'était pas porté par un don quichottisme absurde, désemparé face à un indestructible moulin, celui tout simplement de la triste finitude des choses.

C'était quand même un sacré challenge de se confronter à une telle horreur. Il allait falloir que je m'imprègne de cette vieillesse qui me faisait flipper. Il n'était pas évident de trouver la bonne tonalité. Cela m'obligeait à préciser avec plus d'acuité la distance particulière qui s'établissait au moment d'écrire, et qui normalement s'imposait intuitivement. Un peu en retrait. Ou en survol. Ou de côté. Ou carrément au-dessus. Ou alors au cœur du truc. Le ton qui convenait surgissait de la même manière. Moqueur, grave, ou au plus près des émotions. Mais il y avait toujours un point qui était réflexif, qui permettait le recul induit par la littérature. Dans ce journal intime, mélangé à ce sujet si… physique, si incarné, c'était différent. Il s'agissait vraiment de moi, et, distance ou pas, j'étais face à une équation sans solution.

3

Parce que, un des problèmes, c'était le corps. MON CORPS. L'incarnation. La matière. Son inexorable délitement. Un des points de départ du sujet. C'était bizarre de penser le texte à partir de cette assise-là. Car pour le reste, je n'avais nullement l'impression d'être frappé de déliquescence intellectuelle, encore moins d'être sénile (il n'aurait plus manqué que ça). Bien au contraire, j'étais évidemment plus savant, plus sage, plus averti que lorsque j'avais vingt ans de moins – SI JEUNESSE SAVAIT. SI VIEILLESSE POUVAIT – mais même si je faisais mon malin, je serais quand même, quoi qu'il en soit, prochainement encombré – dans combien ? dix ? quinze ? vingt ans ? – par ce futur mannequin de bois raidi, qui allait devenir de plus en plus figé, usé, par des années de courses effrénées, de stress, quelle incompréhensible injustice ! Oui, c'était un sacré challenge. Pas un truc évident. Et je devais être au plus près de la réalité – No Fake –, tout en sortant de mon chapeau une story viable – un Gold Bullshit de qualité. « Vieux ??? Vous rigolez ! C'est rien du tout. Ça m'en touche une sans faire bouger l'autre. »

En même temps, c'est ça qui était tripant. Mettre le doigt sur le truc high level, qui décoiffe, capable de concurrencer le seul mythe qui s'affichait aujourd'hui comme pouvant peut-être nous sortir de l'ornière : le Transhumanisme, et tout le délire des boss des GAFAM, qui investissaient là-dessus, avec ce projet fou : devenir IMMORTEL !

Ce qui était assez captivant en soi, cette façon dont on allait se fondre avec les Machines, devenir des Cyborgs, j'adorais. Mais en même temps cela pouvait se révéler fumeux. N'oublions pas ces malheureux milliardaires des années quatre-vingt, qui s'étaient fait cryogéniser et, la société ayant par la suite failli, avaient lamentablement pourri dans leurs sarcophages de verre et d'acier.

Si je trouvais quelque chose, un bullshit, une story, un gros bobard – ne nous limitons pas dans notre ambition –, pourquoi pas du niveau du Christ ? Là, je pouvais « tout déchirer », comme l'espérait mon éditrice. Le Christ était, dans le genre, un modèle. Je meurs à trente-trois ans (avant d'être vieux). Et j'ai la vie éternelle !

Une partie de la planète avait tenu le coup pendant deux mille ans grâce à ce mytho dont la résonance induisait qu'il n'y avait rien d'inéluctable à notre intrinsèque déclin. Qu'au contraire, après en avoir bavé, s'entrouvrirait pour nous la porte d'un monde où on n'aurait plus de tendinites passé quarante-cinq ans. D'ailleurs, en y réfléchissant, le Christ avait été d'une habileté inouïe. Cette façon radicale de monter sur la croix, légitimant d'un coup toute la boue que s'appuyaient les pécheurs, la souffrance, l'épuisement, la fatigue, la tristesse d'être mortels. Tout en s'évitant la tendinite et les séances de muscu.

Cependant, si le truc du Christ était vraiment pas mal, il était incontestablement daté. Ce qui avait été réconfortant ne fonctionnait plus. Trop Ancien Monde. C'était difficile d'adhérer à un type marchant sur l'eau quand on était coincé sur un quai de métro bondé un jour de grève. Plus assez crédible. Il fallait un récit plausible et plus tendance. Pas: « Une pute m'a lavé les pieds et j'ai racheté ses péchés – et c'est l'éclate de se faire crucifier, ô mes sœurs et mes frères. » J'étais content de ces considérations, car j'avais mis le doigt sur un point clef: peut-être la raison d'être du livre. Plus qu'un livre, recréer de l'ESPOIR.

– Tu veux dire… une nouvelle religion ???

– Religion, c'est peut-être trop fort, mais disons… oui, enfin un truc qui donne du sens, quoi.

Et c'est ainsi, en pensant au Christ, mais aussi à ma retraite, que l'idée avait plus ou moins germé. Car vieux rimait aussi bien sûr avec retraite. Avec des tunes qui tombaient pendant qu'on irait au cinéma à la séance de quinze heures en semaine. Seulement ça, c'était pour les vieux normaux. Ceux qui avaient la chance d'être subventionnés. Pas pour moi, ô pauvre cigale de la plume, qui avais préféré danser sur mes beaux projets artistiques plutôt que d'aller taffer dans une boîte où l'on m'aurait essoré le citron, certes, mais où un billet m'aurait attendu à la sortie (alors que là, j'avais fait mes calculs, j'aurais peau de balle, une misère, même pas de quoi prétendre à une thalasso). C'est donc une – lucrative – Révélation qui m'avait saisi, tandis que dansaient dans mon esprit surchauffé le Christ (ce gros malin) + les corps mourants dans l'ascenseur + l'injuste paupérisme qui me guettait + la lente glissade de mes cellules vers une fin programmée (la mort de nos cellules était programmée, je l'avais lu, quel enfer !) et le projet de ce journal intime. Ça m'avait galvanisé le cerveau !

4

Tout cela s'était agité dans mon esprit aux abois comme dans un shaker, et il en était sorti cette lumineuse et géniale idée : UNE NOUVELLE RELIGION ENTIÈREMENT AXÉE SUR LES VIEUX. Quelle bonne idée ! Ce livre n'allait pas être un exorcisme, non pas la peine, ç'aurait été stupide et sans effet, par contre, cela pouvait devenir le socle de… oui, d'un truc vraiment énorme. Pas une secte, non, n'allons pas jusque-là. Mais une forme plus moderne. Tout simplement les fondamentaux d'une start-up ! Qui produirait ce dont nous avions besoin, un fluide apaisant, consolant, voire enthousiasmant. Mon imagination se mettait à galoper. J'échafaudais des plans. Je concevais des dispositifs.

– Tu penses vraiment à une start-up ?

– Pourquoi pas ? Le livre c'est une base, mais après on peut avoir plein de produits déclinables.

– Lesquels ?

– Je ne sais pas encore. Des hugs par exemple.

– Des hugs ?

– Oui.

J'avais été voir une gourou, une fois, qui en faisait, elle avait un succès fou. Je crois même que j'avais acheté le hug virtuel, une petite poupée qu'on pouvait étreindre le matin. Mais me sentais-je de prendre des gens dans mes bras toute la journée ?

– Le truc qui coince, c'est que je suis hypocondriaque. J'aurais toujours peur qu'ils me refilent une saleté.

– Ceci dit, tu peux toujours proposer la poupée.

Une poupée de MOI, vendant du RÊVE à des vieux. J'aimais bien finalement. C'était le début d'une bonne story line. ÉCRIVAIN PLONGÉ DANS AFFRES JOURNAL INTIME VIEILLESSE URGENCE CRÉE START-UP CONSOLANTE.

– La base, c'est d'avoir un récit. C'est là-dessus qu'il faut que je me concentre. On est en urgence rouge sur les seniors, si je ponds la bonne story, même si l'histoire de la start-up salvatrice semble farfelue, le reste sera du velours.

Farfelue, elle ne l'était pas tant que ça. Parce qu'en plus, le sujet – les vieilles-ieux – s'inscrivait dans un contexte encore plus dramatique, celui, tout simplement, de… LA FIN DU MONDE ! Pas la fin du monde-monde. Non. *A priori* rien n'indiquait que la Terre allait se décrocher de son orbite, ni que les étoiles allaient cesser de briller. Mais la fin de *nous-les-humains* sur cette Terre. Le Réchauffement. La Folie Ambiante. La Grande Pénurie. Et face à cette nappe délétère flottant à la surface de notre quotidien, on avait besoin de Récits. Ou au moins de quelque chose qui y ressemble vaguement. Je commençais à avoir l'arche d'une... oui, d'une œuvre conséquente. Waouh, trop terrible ! Encore plus fort comme sujet. « Tu vois, c'est l'histoire d'un ex-jeune qui est en train de vieillir, et le truc encore plus kiffant c'est que c'est bientôt la... la fin des haricots, et là, eh bien... ! »

– Eh bien il a une révélation !
– Putain, c'est vraiment génial !
– Tu trouves ? Vrai ?
– Ben oui. Surtout si en plus c'est la fin du monde. Ça donne un ressort super aux personnages ! Mais... c'est quoi la Révélation ?

Ce n'était pas encore clair, car entre-temps j'avais été rattrapé, preuve si besoin en était de l'incroyable pertinence de la concordance réalité-fiction par... la vieillesse. Souffrant depuis un moment d'une douleur lancinante dans le haut de la jambe, après avoir consulté une myriade de rebouteux plus ou moins foireux officiant sous des appellations diverses, de posturologue à différentes sortes d'ostéos, de microkinésithérapeutes à chiropracteurs, en passant par l'imposition des mains, j'avais fini par faire une radio, et... j'avais de l'arthrose.

– De la quoi ?
– De l'arthrose. C'est très courant à votre âge.

De l'arthrose. Si. De l'arthrose à la hanche. Même en me forçant à respirer par le nez, à visualiser un lac de montagne, un jour de printemps au soir tombant, je n'avais pas su rester calme. Pardon ? Qu'est-ce que tu dis, tête de con, en regardant mes radios, que j'ai quoi ? C'était insupportable. Pourquoi cette merde qui vous arrivait au moment juste où vous commenciez à comprendre comment le truc, la vie, marchait ? C'était trop bête. De l'arthrose ???

– Oui, de l'arthrose.
– Mais c'est pas un truc de vieillard ?
– …
– Ça ne peut pas passer tout seul ?
– Non. C'est de l'arthrose.

Cela ne pouvait pas passer, car c'était du cartilage. Et le cartilage ne repoussait pas. Et j'avais mal. Putain, c'était relou. Cette connerie d'arthrose me handicapait. Du coup, j'étais obligé d'aller voir des médecins. Et plus comme un hypocondriaque, mais comme un vrai patient. Et là, on changeait de game. « Ah oui… quand même ! » Le « Ah oui… quand même ! », avec le salopard en train de détailler vos radios – l'intérieur de vous, vos os, vos humeurs, vos fibres –, me révulsait. Après cette entrée en matière, comme un souffle fétide sorti de l'antichambre de Freddy, on parlait autres examens, médicaments, et – bien entendu – des avantages ou pas d'une opération. Soit. D'accord.

Je prenais un air concerné. Adulte. En fait je ne réalisais pas très bien que c'était vrai (normal, il devait s'agir d'un cauchemar). Mais… quelle serait alors ma mobilité ?

– Si vous vous faites opérer ? À peu près normale.
– Et en attendant ?
– Il faudra éviter de courir, et surtout faire comme si vous étiez en minijupe.
– Pardon ?
– Le problème, c'est de tirer sur votre rotule lors de certains mouvements. Mouvement qu'une minijupe interdit strictement de faire.
– Ah… ?

J'étais déconcerté par la tournure que prenait l'échange. Je ne m'étais pas attendu à cette éventualité. Je ne savais pas très bien quoi en penser. Ni comment je devais réagir. Cela m'ennuyait de me laisser aller, de lâcher un : « Attends, qu'est-ce que tu racontes, qu'il va falloir que je fasse le ~~travelo~~ sur mon scooter[1] ? » C'était gênant aujourd'hui de prêter ce genre de remarques à un personnage, surtout dans un journal intime – mais c'est quand même ce qui me venait. Bien entendu, j'adorais les minijupes, j'étais le genre de garçon à m'agenouiller dans la rue quand j'en voyais passer une, et parfois même à me mettre à prier, mais pas dans ce contexte – moi, vieux, avec de l'arthrose, sur mon scoot, ET en minijupe. Cela me laissait perplexe. Parce que je me connaissais. J'étais incapable de me tenir à ce

1. Cette phrase, comme d'autres, fera bien entendu débat, et sera déconstruite, dans une autre séquence du livre.

concept. J'étais trop speed. La minijupe invisible que j'allais enfiler exploserait dans la seconde. Il ne restait donc qu'une solution pour respecter la prescription, c'était de porter une vraie minijupe. J'étais effaré en l'imaginant. Déjà que j'avais la réputation d'être un peu perché, qu'allait-on penser si j'arborais, par-dessus mon jean, une jupe ? En plus il faudrait que je la lave de temps en temps, donc que j'en aie plusieurs. Et ne connaissant pas ma taille en minijupe, je ne pourrais pas les acheter sur Internet, il faudrait que je les essaye avant. Cela voulait dire une exhibition, genre chez H&M, avec tous les lascars homophobes qui allaient me mater lorsque je trottinerais avec mes deux modèles en cuir hyper sexy jusqu'aux cabines d'essayage. Tout cela m'apparaissait bien compliqué.

Cette histoire d'arthrose me gonflait à un point que je n'aurais pas pu imaginer avant d'en souffrir. Cela me propulsait dans ce monde abject que je redoutais, avec une précocité dont je me serais passé. L'ennui c'est que je ne savais pas trop quoi faire. J'étais hyper chochotte. Le sachant, j'avais minimisé mon mal. Mais à force de voir plusieurs spécialistes – qui chaque fois me repassaient généreusement de 75 balles en liquide, tout ça pour me confirmer ce que je savais déjà, à savoir que ma douleur était « à la limite du supportable » –, j'avais dû me rendre à l'évidence. J'étais cuit. J'allais devoir affronter cette connerie, et on ne me laisserait pas le choix. Ce qui voulait dire une opération dans un nid à rats puant la mort, probablement pratiquée par un chirurgien avide de pèze, qui pouvait très bien me louper. Que pouvais-je en dire ? Quelque chose m'échappait. C'était quoi l'idée ? Quel intérêt ? Justement, me répondait-on, plein de bon sens. C'était ça l'idée. D'être un croûton avec des problèmes de santé. Du coup, cette histoire d'arthrose, comme un coup bas, m'avait obligé à différer mon projet de « Nouvelle Religion pour les Vieux ».

5

Je continuais malgré tous mes investigations à propos de cette absurde histoire de vieillir. Soucieux de bien envisager tous les aspects de la question, je n'hésitai pas à solliciter les autres croulants que j'avais sous la main. Ceux qui avaient le même âge que moi. Donc forcément les mêmes questionnements. Charles Berberian, par exemple, le dessinateur de BD, que je connaissais depuis un bon moment, et avec qui j'entretenais des liens amicaux. Qu'en pensait-il ? Putain, lui il trouvait ça super. Il appréciait de vieillir. Il quoi ???? Si, il appréciait de vieillir. Il me parlait de cet état si précieux, que les Portugais avaient nommé *sodade* : la « nostalgie du moment présent ».

– Rappelle-toi, quand on était adolescents, le mal-être, les boutons. Et puis cette fascination romantique que certains avaient pour la mort. Pour se donner un goût de vivre. Aujourd'hui on n'en a plus besoin. Chaque instant est précieux.

Effectivement, vu sous cet angle, cela me redonnait de l'espoir. Et c'est vrai que je n'avais plus d'acné, c'était déjà une consolation.

Mais ce genre de commentaires à l'eau de rose ne me suffisait pas. Tant mieux pour Charles. Il me fallait des arguments plus convaincants, je n'allais pas lâcher l'affaire facilement. Il était hors de question que tous ces efforts, toutes ces victoires formidables, dont, en mon for intérieur, je me créditais, se terminent de façon si piteuse. Moi, plaintif, à terre, abattu, incrédule, devant cette fatalité qui m'accablait brutalement. « *Pourquoi moi ?/ Pourquoi déjà ?/ Pourquoi maintenant ?* » J'avais fredonné cette chanson, il y a très longtemps – au Moyen Âge ? à la préhistoire ? –, quand Jacques Brel passait encore à la radio. Cela semblait si lointain.

Un autre camarade, victime lui aussi de l'inexorable passage du temps – qui était pourtant, rappelons-le encore, incompréhensible : tous les astrophysiciens vous l'expliquaient en long et en large, le temps n'existait pas vraiment, alors bon sang, pourquoi y étions-nous soumis ??? –, Frédéric Taddeï, le célèbre présentateur télé, avait émis plusieurs commentaires affûtés sur le sujet. Lui, peut-être plus encore que moi, était révulsé à l'idée de cette pourriture lente qui allait s'emparer de nous.

– Tu te rends compte, des taches sur les mains ! Tu te vois avec des taches sur les mains ?

La question était pertinente, car en fait, honnêtement non. Je n'y avais même jamais songé. Cette réflexion me mit en panique. Allais-je, après avoir été hypocondriaque, me transformer en vieucondriaque ? Scrutant plusieurs fois par jour la surface de mon derme pour y détecter l'apparition des taches fatales ? ~~La suite des remarques de Frédéric me conforta dans cette crainte.~~

~~– Et le pire, c'est quand tu arrêtes de passer à la télé. Regarde Poivre !~~

~~Poivre était LE présentateur-vedette qui avait trôné sur l'empire cathodique de l'Ancien Monde. Poivre était vu tous les jours, partout et par tout le monde. Du jour au lendemain, il n'avait plus été vu que par beaucoup moins de gens, et pas tous les jours. Les gens qui avaient l'habitude de vieillir au quotidien avec lui (et donc de glisser comme d'inconscients mortels vers le gouffre noir de l'oubli) étaient brutalement frappés quand ils le croisaient par une rupture psychotemporelle si violente qu'ils ne pouvaient s'empêcher de penser, mais si fortement que le pauvre Poivre l'entendait aussi sûrement que si cette remarque avait été proférée à haute voix (il l'avait confié à Taddeï) : « Mince, il a pris un sacré coup de vieux[1] ! »~~

Tout cela n'avait rien pour me remonter le moral, d'autant que vu que mon mal à la hanche ne s'estompait pas, j'étais retourné voir le dernier grigou que j'avais consulté. Qui n'avait rien trouvé de mieux que me prescrire un traitement à base de came. Sur le moment, je n'avais pas percuté, ce n'est qu'à la pharmacie que

1. Pour des raisons qui seront explicitées ultérieurement ce passage a été ghosté.

j'avais été pris d'un doute. En voyant la pile de boîtes. Qu'y avait-il dedans ?

– De la poudre d'opium.
– De la quoi ?

J'avais regardé le dosage. J'avais regardé la prescription. À prendre tous les jours, avec l'anti-inflammatoire. Ça voulait dire que la personne qui obtempérait, au bout de quelques semaines, serait inévitablement opiomane. C'était charmant. J'étais remonté expliquer au grigou que ce n'était pas possible.

– Pourquoi ?

J'avais répondu « parce que ». Ça ne le regardait pas. Peut-être que lorsqu'on était vieux, les gens en profitaient ? S'ils sentaient une brèche, ils s'engouffraient dedans. Vieux et vulnérable ? qu'on pouvait droguer et asservir ? Il s'était rabattu sur du Doliprane – merci, je n'y aurais pas pensé tout seul –, et j'étais reparti avec ma douleur. Selon lui, il n'était pas nécessaire de m'opérer.

Le problème c'est que quand vous commencez à accorder de l'importance à une situation, elle croît, et on ne sait plus ensuite si elle croît parce que vous lui avez donné de l'importance, ou si vous lui donnez de l'importance parce qu'elle en a. Toujours est-il que vous vous retrouvez vite encerclé, pas complètement aux abois, mais au moins aux aguets, sur la défensive, avec le sentiment qu'on essaye de vous faire entrer dans une arène, où vous n'avez aucune intention d'aller.

C'est le sentiment qui m'avait étreint lors de ma visite suivante. Le cabinet se trouvait dans une avenue cossue de Paris, l'escalier était recouvert d'une vieille moquette, la salle d'attente était elle aussi vieillotte, mais bourgeoise. Ça coûtait of course 75 balles en liquide – il ne prenait pas la carte, ne pratiquait pas le tiers payant – pour un temps assez bref. Cette fois, j'avais pris ma décision, et j'insistai pour qu'il me conseille un bon chirurgien. Est-ce la petite discussion que nous avions eue l'autre jour ? Le reproche sous-jacent qu'il avait peut-être décelé à propos de sa tendance à balancer une drogue dure à des innocents ? Une brusque bouffée de psychologie dans son monde mécaniste ? Toujours est-il qu'il embraya assez vite sur la nécessité de peut-être penser à une psychothérapie, m'expliquant que l'opération ne réglerait pas mon désir de souffrir.

– Mon désir de souffrir ?

J'eus alors une réaction curieuse. J'eus l'impression qu'il haletait des pieds. La pièce m'a paru soudain un piège. J'étais enfermé avec un psychopathe. Vieux lui-même. Qui avait essayé de me refiler de la drogue, pour mieux faire de moi son patient-esclave. Pour que je vienne me faire repasser de 75 balles régulièrement, pour « ché-cher mon ordo ». Et qui maintenant me proposait une psychothérapie, induisant que j'étais la proie d'un syndrome me poussant à quémander une opération, animé d'une pulsion névrotique répétitive. La loop cinglée d'un masochiste à la limite extrême de sa pathologie. J'ai regardé sur le bureau, à l'affût d'un objet contondant avec lequel j'aurais pu le frapper. Et puis j'ai pensé à la scène. Moi quittant l'ignoble officine, le presse-papiers en cristal maculé de sang dans le creux de mon casque, disant bien fort : « Au revoir, docteur, et merci ! » La secrétaire qui mettrait un moment à tiquer. Le docteur raccompagnait toujours les patients dans l'entrée. Le hurlement qui me parviendrait alors que je ne serais pas encore sorti de l'immeuble. Non, ce n'était pas jouable. J'ai dit : « Une psychothérapie ? Pourquoi pas ? Cela me paraît une bonne idée. » Mais j'ai quand même réussi à lui soutirer le nom d'un chirurgien. C'était vraiment comme un plan de came. Il fallait batailler pour remonter au grossiste.

6

Probablement dans un sursaut de pulsion vitale, pour conjurer ce nuage malfaisant qui, telle une sinistre pieuvre, rôdait autour de moi, je décidai de me relancer dans le tourbillon des forces vives de la life, et pour cela de m'inscrire sur des sites de rencontres. Après tout, ce n'était pas plus antinomique que cela avec l'idée d'une religion pour les vieilles-ieux – et comme on le verra à la fin de ce journal au contraire une tendance possible d'un Nouveau Récit (une sexualité seniors épanouie si ce n'est débridée). Je n'avais jamais tenté l'« aventure des sites », mais cela me sembla une bonne idée. Un truc fort pour officialiser que je me montais le bourrichon, qu'arthrose ou pas, la vie n'était pas en train de passer du mode « trépidant – deux cents à l'heure » à « ralentis mon vieux, ça y est, t'es un croûton ». Les sites de rencontres ne m'avaient jamais attiré, je suppose que je n'en avais éprouvé ni le besoin, ni la nécessité, mais je changeai mon fusil d'épaule, peut-être alléché par les récits que l'on m'en faisait depuis des années. Aussi bien filles que garçons, *a priori* tout le monde y allait, comme un énorme supermarché de l'amour. Une copine m'avait même dit : « Pour les gens de notre âge, c'est le paradis des hommes, il n'y a que l'embarras du choix, les femmes seules qui cherchent sont légion. »

Une autre relation – masculine cette fois-ci – avait été plus explicite encore : « Mon pote, c'est de la folie, tu touches de la jeune-vieille, de la post-MILF, comme s'il en pleuvait. Et à cet âge-là, pas besoin de leur faire un dessin, elles savent baiser, crois-moi ! » C'est donc fort de ces deux avis, dûment certifiés par de nombreux articles les corroborant – oui, un vaste supermarché aux rayons abondamment garnis où tout le monde « se lâchait » –, que je matérialisai de plusieurs clics mon impulsion d'achat (faisant abstraction pour un temps de mon problème de hanche). J'étais presque fébrile de plonger dans ce nouvel espace. Contrairement à certains qui fustigeaient temps d'écran et emprise des GAFAM, qui voyaient des complots partout, j'adorais tous ces trucs, Internet, la tech, la planète reliée, en un clic se connecter à tout ce qu'on voulait, des films, des livres, des expériences, de l'information, des potentiels infinis, la conscience mondiale, planétaire, et en plus… des meufs ? Mais qui, à part de tristes et définitifs bonnets de nuit, pouvait regretter l'Ancien Monde ? Certainement pas moi, bien décidé, maintenant que j'avais pris ma décision, à ne pas laisser ma part au chien. Autant les sites pornos ne m'inspiraient pas, autant la possibilité, d'un clic, de pouvoir conter fleurette m'enthousiasmait, d'autant plus que moi, en tant que Croûton Certifié, j'avais connu l'Avant, quand on envoyait encore des poèmes par la poste (mon Dieu, mais si, je l'avais fait ! – en y repensant oui, c'était charmant, mais franchement moins ergonomique, non ?). Là, cela paraissait tellement simple, fluide, d'autant qu'assez naïvement je pensais avoir des atouts à mettre en avant. N'étais-je pas écrivain ? scénariste ? réalisateur ? Cela devait m'ouvrir quelques opportunités. Je misais là-dessus, plus que sur mes photos, qui réflexion faite, et en toute objectivité, risquaient plutôt de me desservir.

– Mais quand tu dis qu'il pleut littéralement des meufs, c'est dans quelles proportions ?

– Je ne peux pas te dire exactement, mais avec un profil comme le tien, tu devrais faire panier plein, dans cette tranche d'âge la littérature a encore un certain prestige.

J'en avais des frissons d'excitation. C'était tellement génial, comme un jeu, hyper ludique, toute cette praticité relationnelle à laquelle même un *sur-le-retour* comme moi pouvait prétendre. J'avais sélectionné plusieurs sites, de Tinder à Happn, en passant par Meetic, et d'autres encore comme Adopte1Keum, « Mais oui, Meuf, adopte-moi, je rentre dans ton caddie, sois-en sûre ! ». Vieux ? Moi ? T'es fou ou quoi ? Je suis à fond dans le monde exaltant du Grand Marché Libre Échange de l'Amour, agile et hyper connecté. J'avais pris la totale, l'abonnement premium chez les principaux acteurs de la fête. Sur chacun de mes profils, j'allais signaler, partout où je le pourrais, mes attributions exactes, digne représentant de la culture, auteur et réalisateur, les livres et le cinéma, et ainsi … *pour un flirt/avec toi /je ferais/des folies/pour arriver dans ton lit/ pour un petit tour/au petit jour/entre tes draps*, vraiment j'étais très, très enthousiaste.

– Tu vas voir, une fois dans le circuit, ça n'arrête pas, il faut même être vigilant, ça peut devenir une drogue.

– Tellement il y a de sollicitations ?

– Oui, j'en connais qui ont eu des problèmes à leur boulot, ils étaient complètement accaparés. Cela a rejailli sur leur vie professionnelle.

– Bigre !

Inutile de préciser que l'effervescence ne retombait pas. Ma première déconvenue ne tarda cependant pas. Elle survint lors de la rédaction de mon profil sur Adopte. Il fallait mettre son âge. Qui se détaillait non pas en âge précis, j'ai trente-neuf ans, ou quarante-deux, on cinquante-trois, mais en « tranches ». Il y en avait plusieurs, montant graduellement, et s'arrêtant à… 45. « 45 et plus ».

– Et plus quoi ?

– Et plus rien. Enfin plus tout. Plus que quarante-cinq.

Il existait donc une ligne précise, celle, si je comprenais bien, d'une sélection naturelle me reléguant instantanément dans le maquis flou des… denrées peu comestibles. Je n'avais pas de gêne avec mon âge, je n'avais pas encore développé de complexe sur le sujet, en fait je n'en avais pas eu l'occasion, car rien dans mes activités ne m'avait confronté à quoi que ce soit d'ostracisant, personne ne m'avait encore dit « sale vieux » ou un truc du genre, le seul pour l'instant qui m'ostracisait c'était moi, en pensant que j'étais en train de le devenir. Pour la première fois je me prenais frontalement (si l'on exceptait le voussoiement de la stagiaire que j'avais intégré avec philosophie et pragmatisme) le scud blessant d'un croûton-bashing. J'étais un « plus de quarante-cinq ». « Allez, pépère, va jouer plus loin avec tes camarades, steuple. » Ce « plus quarante-cinq » ne laissait aucune place à la nuance, et c'est justement sur de la nuance que je comptais bien déployer ma séduction numérique. « J'ai cinquante-six ans mais... » Mais... j'écris des livres. Mais... je suis extrêmement drôle. Mais... je m'intéresse à des tas de sujets passionnants, comme la difficulté d'unifier les théories quantiques et la gravitation universelle, les études sur le fonctionnement de notre cerveau, leur résonance avec la question du style littéraire et plein d'autres dossiers tripants. Sur les sites concurrents, il n'y avait pas cette ligne vexante de « quarante-cinq et plus », mais juste son âge, ce qui en fait était tout aussi problématique. C'est là que j'ai réalisé que c'était loin d'être gagné. Qu'au contraire on entrait dans une zone challenge force cinq, car, confronté à l'implacabilité de la donnée brute, à son aridité, j'avais peu d'atouts pour inverser la courbe.

– Et tu as.... ?
– Cinquante-six. Bientôt cinquante-sept.

– ...

– Allô ? Vous êtes toujours là ? Vous avez raccroché ?

Non, c'était même pire que ça. À cinquante-sept, je n'étais pas dans les critères de recherches. J'étais en dehors des clous. Et je pouvais difficilement m'en plaindre, car j'avais fait de même.

Votre recherche :
Vous êtes : un homme ~~une femme~~ de : 57.
Vous cherchez : ~~un homme~~ une femme entre...

Bien entendu je n'avais pas mis entre 60 et 80. Mais entre 45 et 55. Et je pense que les 45/55 – c'est-à-dire ces jeunes-vieilles dont on m'avait vanté l'accessibilité – faisaient tout aussi évidemment de même. Cela paraissait malheureusement aller de soi. Donc déjà, ce n'était pas si easy que ça, en tout cas pour la catégorie dans laquelle j'émargeais, celle (autant me faire une raison) des *papy-seniors-T1-croûton*. En plus de l'âge, il fallait mettre des photos. Les photos étaient un élément clef, cela paraissait aussi aller de soi. Encore fallait-il en avoir des bonnes. « Salut, j'ai vu que t'étais non seulement vieux, mais également moche comme un pou, hum... tu fais quoi ce soir ? » Après une séance de shooting intense, avec l'option selfie de mon iPhone, brandi à bout de bras sous le maigre rayon de lumière du lampadaire de mon salon, où je réussis à me faire une série de portraits à décourager Frankenstein lui-même, j'eus une brusque illumination. Des photos, j'en avais plein. Et des très bonnes, car elles avaient été prises dans des studios, et par des vrais professionnels. J'en faisais à chaque sortie de livre. Les dernières dataient de quelques mois. J'y étais évidemment plus à mon avantage que dans ma piteuse série d'autoportraits. J'avais longtemps été dubitatif sur ces séances où l'on me demandait de poser, tel Victor Hugo contemplant l'océan, l'œil inspiré, de façon à ce que nul n'ignore que j'étais bien un auteur français, digne représentant d'un temps où le boulevard Saint-Germain était un des étalons incontournables des Lettres Françaises et de leurs Esprits. C'était un peu ridicule, mais je m'y étais prêté, et au fil des ans c'était devenu une routine. Comme je m'en félicitais ! J'en avais plusieurs, avec un air finaud, décidé, rien à voir avec le peu enthousiasmant disgracieux tromblon perdant ses cheveux agrémenté d'un rictus de vampire sournois que j'aurais été obligé de mettre en carte de visite sans. D'un clic, j'agrémentai mon profil de mes portraits littéraires. Si, avec ça, je n'arrivais pas à emballer dans la seconde, c'était à ne plus rien y comprendre. Mais ce n'était pas tout, je devais encore compléter d'une présentation et d'un petit texte précisant mes attentes. Ça se corsait. Je glissai (sans en faire trop non plus) que j'étais « écrivain et réalisateur », et aussi que, si l'âge m'importait peu, je souhaitais une quelqu'une qui soit partante pour un « truc un peu actif », l'étant moi-même beaucoup. Je crois que j'ai fini par « molle du genou s'abstenir », autant ne pas perdre de temps mutuellement. Et je mettais mon vrai âge, je n'aimais pas mentir, et en plus le but était une confrontation en réel, donc si je disais que j'avais trente-huit ans, mon flirt potentiel risquait malheureusement d'éprouver quelques doutes lors de notre rencontre. Et hop, je cliquai sur *valider*, un peu ému, le cœur battant, curieux de savoir ce que le destin numérique allait me réserver. Je ne sais pas trop à quoi je m'étais attendu, je pense à un crush immédiat, mais le process buta presque instantanément sur un écueil que je n'avais pas anticipé. Mes photos furent refusées.

– Comment ça refusées ?
– Si, refusées.

Au prétexte que « Les photos récupérées sur Internet ne sont pas acceptées. Veuillez mettre des photos authentiques de vous-même. » Cela me tua littéralement. Dieu sait que j'avais toujours rechigné à jouer le jeu de « l'Écrivain », que j'avais toujours trouvé cette posture à la limite du ridicule, voire du grotesque, et là, alors que j'en avais besoin, que c'était même nécessaire, pour espérer tirer mon épingle du jeu, on me renvoyait dans mes buts, comme un vulgaire imposteur. J'étais outré. Dans un réflexe dont la naïveté m'étonna moi-même, je tentai, furieux, de joindre par téléphone un modérateur du site, idée bien entendu aussi vaine que de téléphoner au père Noël.

– J'aurais souhaité parler à un responsable ! Je suis bien l'auteur dont on trouve les photos sur Internet !
– Ne quittez pas, si vous êtes toujours là dans quarante-huit minutes un robot daignera vous répondre d'une bobardise préenregistrée.

Finalement, à force de bidouiller mes photos, de les recadrer, en mettant un filtre qui me colorait légèrement d'une teinte mauve donnant à mon profil une subtile touch vintage, je parvins à les rehisser en haut du grand mât. « Me voilà, les filles, vous pouvez constater que je ne vous bourre pas le mou, c'est bien moi ! » Le seul problème, c'est que je fus alors confronté à une nouvelle difficulté : des « écrivain ou réalisateur » il y en avait une cargaison. Par manque d'imagination certainement, ou parce qu'effectivement il s'agissait d'une niche attrayante pour ma cible – toujours celle des « jeunes-vieilles CSP + » –, tous les mythos (les odieux salopards !) y allaient gaillardement, usurpant sans vergogne mon statut social, qui était peut-être finalement plus prestigieux que je ne l'avais imaginé. Du coup, au lieu de recevoir dès mon arrivée dans l'arène des tonnes de messages énamourés, de lectrices, de poétesses, avides d'évoquer avec moi les mystères de l'inspiration, je n'eus soit aucun retour, soit des messages, si ce n'est d'insultes, au moins tournant en moquerie ma prétention à me présenter comme un auteur. « Lol, t'es mon quatrième écrivain de la matinée. C'est vrai qu'en France on écrit beaucoup. » « Lourd les profils fakes. » « Et tu as réalisé *Les Cht'is* ou *Intouchable* ? » « T'as eu quoi comme prix ? Le Goncourt ? » Cette salve déconcertante se concluant par une (très) longue missive m'expliquant en long et en large à quel point il était ignominieux de voler le profil d'un écrivain aussi formidable, sensible, poétique, une quintessence de littérature, en galvaudant son image sur un site de rencontres, que j'étais vraiment un moins-que-rien, et que de toute façon elle me signalait dans l'instant, en me vouant aux gémonies, en me souhaitant le pire, ce qui me déprima pour le reste de la journée, hésitant à lui répondre que c'était bien moi, mais en même temps ne le faisant pas, car confus (et peut-être honteux) de ne pas être ce qu'elle imaginait que j'étais, un pur esprit, que l'idée d'une inscription pour l'amour en ligne n'aurait jamais effleurée. Si j'étais néanmoins content qu'elle me considère comme un écrivain suffisamment marquant pour générer cette réaction, cela ne faisait quand même pas mon affaire et augurait mal de cette possibilité de pécho d'un clic qui avait motivé mon investissement.

– Il ne faut pas te décourager. Cela demande quand même un minimum de pugnacité.
– Tu crois ?
– J'en suis certain.

De la pugnacité, je n'en manquais pas. J'optai donc pour une méthode plus scientifique, autant le dire, carrément marketing. Je ne sais pas si c'était vraiment le « paradis des hommes », si les jeunes-vieilles se bousculaient à ce point au portillon, et si c'était moi qui dégageais une onde peu inspirante, toujours est-il que pour obtenir enfin un retour sur investissement, je dus déployer une stratégie sans faille. D'abord non plus des mails, mais de véritables mailings, que j'envoyais en mitraille, sélectionnant des profils (de jeunes-vieilles of course) avec non pas un laïus type, mais plusieurs, que je personnalisais légèrement. Autant dire que parler d'une activité chronophage était un euphémisme. Mes journées, pendant lesquelles déjà je ne chômais pas, se rallongeaient d'un temps considérable à « chercher l'amour sur Internet », et c'était assez curieux. Je ne savais pas très bien quoi en penser, ni si l'aventure justifiait une telle débauche d'attention. Mais comme cela finit par payer, j'optai pour l'affirmative. Je reçus des réponses. La plupart d'ailleurs bien en raison de mon statut d'auteur, auquel certaines, sur le nombre, étaient sensibles, et suffisamment curieuses pour voir s'il était vrai ou pas. Car effectivement dans cette tranche d'âge, et dans la catégorie CSP+ dans laquelle je ciblais mes mailings, pas mal avaient lu mes livres, plus d'ailleurs que je ne le pensais, ce qui me redonna confiance, et dans mon aura de séduction, et dans le potentiel public de mes ouvrages. Je fus donc assez rapidement amené, après des échanges de messages sur le site, puis des textos, puis une longue discussion au téléphone, à envisager des rencontres en présentiel. Cette nouvelle séquence dans mon exploration numérique consista en une planification de plusieurs déjeuners, avec celles qui avaient daigné me répondre, et auprès de qui je sentais que « cela pouvait se tenter ».

– Direct, des déjeuners ?
– Ben oui, autant prendre le temps de bien faire connaissance.

J'en avais calé plusieurs la même semaine, du mailing on passait au casting. Le côté entretien d'embauche avait bien sûr quelque chose de curieux, mais après tout, pourquoi pas, mieux valait se donner la capacité de réflexion et de choix. C'était mieux pour tout le monde, non ?

– Si, et même salutaire.

Je finissais par me faire à cette nouvelle façon de concevoir les échanges amoureux, plus pragmatiques, plus tech, plus efficace. Le swipe right (j'aime welcome) swipe left (non merci) de Tinder. La localisation de Happn (tu étais à quelques mètres de moi tout à l'heure, n'est-ce pas un signe du destin ?). D'après l'algorithme (OKCupid), nous avons 82 % de points de connexion, on peut foncer les yeux fermés ! C'était assez le kiff, effectivement. Sauf qu'en vrai, ce n'était pas non plus exactement ça, mes interlocutrices au téléphone avaient commencé à me dresser un panorama plus juste de la réalité. Car il ne fallait pas perdre de vue une évidence, c'est que si on trouvait quelqu'un à son goût on avait envie de le revoir, et de rentrer alors dans une relation plus profonde, qu'un coup vite fait en mode dayuse. Donc ceux qui étaient sur les sites et qui y restaient, d'après mes interlocutrices (que je soupçonnais d'en faire partie), c'était quand même le fond du panier, ceux qui n'arrivaient pas à se caser.

– Il y en a même qui sont obligés de se refaire des profils, parce qu'au bout d'un moment, c'est comme le poisson, ça supporte mal la péremption.

Qu'importe, je n'étais pas le genre de garçon à me laisser intimider par des commentaires déceptifs, c'est donc joyeux et plein d'allant que je me rendis à mon premier déjeuner, dans une brasserie parisienne, une vieille brasserie, comme Paris en avait le secret, et qui témoignait de ce temps qui était en train de disparaître, celui encore antérieur au mien, de mon grand-père, des Apaches, de Fréhel sniffant de la coco et des chansons populaires, que j'avais un peu connu enfant, et qui m'avait toujours charmé (quand je pense que Charlot, le roi des coquillages de la place de Clichy, avait fermé, quel malheur ! Quel épouvantable signe de l'impermanence des phénomènes).

Je n'eus pas le loisir de savourer cette bouffée de nostalgie, car mon date était déjà là et… et il était différent de sur les photos. Très différent en fait. Une fracture temporelle dont la tangibilité me frappa de plein fouet, tout autant que l'intensité de ma sottise. Le souvenir qui me traversa l'esprit fut mes débuts, il y a bien longtemps, comme assistant réalisateur, alors que je faisais passer des auditions. « Surtout, avec les comédiennes, demande des photos récentes », m'enjoignait la productrice pour qui je travaillais. « Sinon, tu vas avoir toutes les mamies déguisées en midinettes qui vont se pointer. » Tout en m'approchant de la table, sur ma lancée, comme un travelling difficile à interrompre, je faillis me laisser déborder par une pensée dénuée de gentillesse, du genre : « Mais… t'as envoyé ta grand-mère à ta place ? » Cependant, un arrière-fond de gentleman fit que je me repris *in extremis*. D'ailleurs n'étais-je pas moi aussi confronté à cette lente décrépitude ? N'étais-je pas un « 45 et plus » ? Ne devais-je pas faire preuve de solidarité ? d'empathie ? Dans un sursaut de résilience instantanée (plus on vieillit, croyez-moi, et plus pratiquer la résilience instantanée peut vous sauver de bien des maux, de l'hypertension par exemple), j'essayai de considérer la situation avec philosophie, un enseignement possible, une confrontation avec le sujet de mon journal intime, la vieillesse, vieillir, que se passe-t-il dans notre regard, dans notre appréhension de l'autre ? Notre œil est-il capable d'inventer de la jeunesse, comme il savait – le mien en tout cas – discerner de la beauté et de la poésie là où l'on n'en aurait pas forcément trouvé ?

– Hello !
– Hello !

Je pris place à la table de ma nouvelle copine (qui était vraiment nettement plus âgée qu'elle ne l'avait prétendu, peut-être vingt ans de plus, un gap presque choquant pour un néophyte du date-casting comme moi) avec ce postulat en tête. Un exercice littéraire, voilà ce qu'allait être ce déjeuner. Sauf que je n'y parvins pas. Mon flirt se révéla d'un ennui mortel, et de plus flippant, avec en tête de gondole la résignation, mais une résignation assortie d'un sursaut, comme elle me l'expliqua, ce qui était encore pire : sentant venir la vieillesse, elle voulait la conjurer, et, elle me le précisa sans ambages, elle était prête à tout.

– À tout quoi ?
– Sexuellement par exemple.

J'étais atterré, un peu gêné, je ne savais pas trop quoi dire, essayant de penser des choses positives, qu'elle pouvait encore être désirable, certainement, mais non pas par moi, mais alors pourquoi ? Parce qu'elle était vieille pardi, j'essayais de comprendre ce qui faisait basculer un corps, une personne, dans le champ de l'impossible, de trouver des explications culturelles, d'affûter un point de vue différent, mais je n'y arrivais pas, j'étais confronté à une tristesse épouvantable, et même si je me disais qu'elle était peut-être triste déjà avant, même quand elle était plus jeune, le spectre de la vieillesse rappliquait à toute allure, venait me tapoter sur l'épaule, et j'avais beau sourire en dénégation, désolé, c'est une erreur, le malaise était patent. Je quittai le déjeuner (après m'être appuyé l'addition) en lui souhaitant bonne chance, du fond du cœur, mince c'était quand même coton d'être vieux.

– Mais tu vas vraiment mettre ça dans ton journal ? m'avait demandé mon éditrice, qui suivait l'avancement des travaux. Attention, parce qu'il ne s'agit pas de faire flipper. L'idée, c'est au contraire de rire d'un sujet que d'habitude on évite de traiter par l'humour. Si tu te vautres dans le pathos, on n'est plus dans la promesse.
– Je ne peux pas non plus être dans le fake. Vieux, c'est vieux.
– Oui, mais là, tu parles des vieilles, et tu les dénigres.

– Je ne les dénigre pas du tout. Je raconte juste la réalité. Et moi aussi je suis vieux. Quand je me regarde dans la glace, je n'ai pas vraiment envie de me sauter dessus. Enfin, moins qu'avant…

Mais elle avait raison, c'est ce que j'avais vendu, une histoire drôle, si, vraiment, tous ces vieux, c'est trop poilant, ahaha, nous allions en rire, mais le hic, c'est qu'il y avait pourtant un principe de réalité auquel on ne pouvait échapper, et puis la vieillesse était le sujet, un sujet littéraire, dont il ne fallait occulter aucune facette, au risque de passer à côté de sa substance même, c'est ce que je me disais, un livre drôle, oui bien sûr, mais un livre fort, un livre profond, moi face à cette femme triste, me demandant si je l'étais aussi, et ce qu'on pouvait faire de nous, et pourquoi s'imaginer nus dans un lit n'était plus concevable. Et puis ce qui était flippant ce n'était pas l'âge de mon date, mais comment elle le vivait, et tout doucement commençait à cristalliser l'idée qui allait s'imposer ensuite, celle d'une nouvelle méthode, d'un nouveau regard, qui fait qu'à la fin du livre, même si biologiquement on était vieux, en vrai, on ne le serait plus. C'était encore flou, mais je sentais que la direction était la bonne. Une refonte du paradigme.

– Je suis sûr qu'elle était déjà vieille, jeune. C'est aussi ça le sujet, je veux dire, c'est quoi en fait être vieux ?

– Dans ce cas tu as raison, c'est le prisme avec lequel il faut que tu le traites. La vieillesse : une question d'attitude ! Il y a des vieux jeunes, et de jeunes vieux. C'est bien ça, comme angle. C'est simple. Tu pourras même donner des exercices, les trucs que tu fais pour y arriver.

Je continuais mes rendez-vous date-dej. Pour le deuxième, me méfiant, j'arrivais en avance et me posais en retrait, décidé à filer par l'autre sortie si je constatais une différence trop significative entre les photos et la réalité, mais la coquine, rusée, m'avait devancé, elle était déjà là et me fit un grand coucou, m'invitant à la rejoindre. Sa fiche indiquait cinquante-deux ans, et à moins qu'elle ne fût victime d'une pathologie de vieillissement précoce, je pense qu'elle en avait pas loin de soixante-dix. Cette fois, je coupai court à toute ambiguïté et abattis mes cartes frontalement, j'étais ravi de la rencontrer, bien sûr charmé, mais… j'écrivais un livre sur la vie amoureuse des seniors, pouvait-elle m'éclairer sur ce sujet ? Au moins, me dis-je, pragmatique, autant enrichir la littérature d'une profitable expérience, plutôt que de laisser s'installer un faux-semblant toujours préjudiciable. Contrairement à ma convive de la veille, Rosine (qui était son vrai nom, pas un pseudo elle tenait à le préciser) s'amusait plutôt. Oui, elle mentait sur son âge, mais serais-je venu si elle avait mis le vrai (soixante-huit, je n'étais pas loin du compte) ? Non. Évidemment. Grâce à cela, elle faisait des rencontres, qui, assez souvent, elle tint à le préciser aussi, se concluaient par une incursion dans un endroit où l'intimité était possible. Elle était même assez sélective, ne se donnant qu'à ceux qui lui plaisaient.

– C'est cool, dis donc. En fait c'est plutôt sympa d'être senior.

– Honnêtement, oui. L'idéal serait que je sois jeune avec la liberté que je m'autorise maintenant. Mais je ne vais pas me plaindre. Je suis plus épanouie maintenant que lorsque j'avais vingt ans. Tu peux le marquer dans ton journal, j'ai eu mon premier vrai orgasme à soixante-deux ans.

Nous nous quittâmes (en nous faisant la bise) sur cette constatation pleine d'espoir, moi satisfait d'avoir une nouvelle corde à ajouter à ma panoplie de « En fait c'est l'éclate d'être vieille-vieux », content en plus de ce témoignage. En tant qu'artiste se piquant d'être éclairé, j'avais toujours fustigé cette propension des hommes à porter sur le désir féminin des appréciations stupides, du style : « Oh la salope ! » ou : « Quelle chaudasse ! » Alors qu'une femme de soixante-huit ans s'envoie en l'air, avec des hommes qu'elle attirait dans ses filets avec un faux profil, finalement je trouvais ça plutôt sympa. Et elle, de son côté, j'eus l'impression qu'elle était heureuse d'avoir pu partager cela. Qui sait ? pensais-je, remontant sur mon scooter, peut-être que lire ces lignes libérera une autre pauvre vieille qui sinon resterait à se morfondre.

– Tu vois, eus-je beau jeu de faire remarquer à mon éditrice. Là, elle est vieille, mais elle s'envoie en l'air. Elle s'éclate. C'est une publicité pour le troisième âge.

– Oui, mais t'as quand même pas couché avec !
– Attends, j'ai dit, choqué. J'ai vendu un journal intime, pas que j'allais offrir mon corps.

Néanmoins, je ne pus m'empêcher de savourer l'ironie de la situation : à presque soixante ans, il était vaguement question que je couche pour réussir à être publié. Malgré tout, pour mon troisième date, j'y allais cette fois avec des jumelles et me postais, embusqué derrière un arbre, sur le trottoir d'en face. Sans vouloir être pingre, comme chaque fois je m'appuyais l'addition du déjeuner, cela commençait à douiller, et à me prendre un temps que je n'avais pas. En tant que pauvre vieux, j'étais harassé de boulot, et la survie était compliquée, je l'avais signalé dans le titre, le monde était hostile, ce n'était pas de la blague. Comme j'avais demandé à mon date comment elle serait habillée, je l'identifiai facilement, et malheureusement, comme il fallait s'y attendre, elle arborait un petit, non pas quarante-huit, comme la publicité le précisait, mais facilement un vingt de plus. J'eus un coup de mou. J'envoyai un texto signalant qu'un élément imprévu me conduisait à différer notre rencontre, ce qui n'était que la pure vérité. Je rentrai chez moi déçu. Cette facilité numérique, cette valse amoureuse qui se rythmait d'un clic, n'était pas si évidente. En tout cas pas pour les pauvres vieux comme moi, les ostracisés, les plus de quarante-cinq.

– En même temps pourquoi ne pas jouer avec ça ? commenta mon éditrice, jamais avare d'un judicieux conseil, sur l'épaule de qui je m'épanchais. C'est bien qu'on voie comment tu rebondis grâce à ta créativité littéraire.

Je ruminai cette recommandation, et, comme souvent, le dieu des Écrivains (qui était aussi un peu celui des publicitaires et des créateurs de baseline forte) me vint en aide. Puisque j'étais numériquement homologué croûton, mon éditrice avait raison, pourquoi ne pas en faire un atout, et essayer de trouver une croûtonne marrante, plus en accord avec ma façon de voir la vie, pleine d'ironie, de second degré, de sous-texte ?

Cela me parut une bonne façon de « rebondir », et le slogan que me souffla l'inspiration me parut frôler la perfection : PÉPÈRE CHERCHE MÉMÈRE POUR ENVISAGER COCHONCETÉS. Impec, non ? J'effaçai mes précédentes infos, mon « écrivain et réalisateur » qui puait le fake, mes photos chourées sur Internet, et associai à cette accroche un portrait que j'avais utilisé pour mes cartes de visite dans le milieu de la Réalité Virtuelle : un vieux dégarni, avec un nœud papillon, et des antennes de geek des années soixante, qui jaillissaient de ses oreilles décollées. Wouah, cela avait de la gueule ! Mais à la réflexion il manquait quelque chose. Un soupçon de romantisme. Je rajoutai donc à mon PÉPÈRE CHERCHE MÉMÈRE un : ET PLUS SI AFFINITÉS. Là, j'étais dans le juste. Allez hop, c'était parti. Amis lecteurs, force est de s'incliner devant la puissance des mots, lorsqu'ils sont l'expression d'une vérité profonde, d'un cri intime, car je n'eus aucune réponse, sauf… sauf une. La perle rare, je le compris dans l'instant, car presque immédiatement nous nous lançâmes dans un échange frénétique de messages, elle, moi, et moi, elle, avec une connexion immédiate et des références communes improbables, réalisant que le coup de foudre était là. Car qui aujourd'hui se souvenait de Selby dans la collection Speed 17 des Humanoïdes Associés, publiée par Dionnet et Manœuvre dans les années quatre-vingt ? Qui s'était réjoui des Pommes d'Adam d'Anders Thomas Jensen ? Qui connaissait les Actionnistes Viennois ? Qui était addict à la chaîne expérimentale de Viméo ? Qui se plongeait dans des ouvrages de vulgarisation de physique quantique en les lisant comme de la poésie ? C'était fluide, évident. Un style, une conversation que je n'avais osé espérer. Total bingo ! Et oui, vite, vite voyons-nous, mais pas n'importe comment, en soignant la rencontre. Alix était photographe et proposait que l'on se retrouve dans son atelier, derrière le cimetière Montmartre. Elle préparerait une mise en scène, quelque chose d'original, un déguisement. J'étais à fond, oui, vite, vite, quand ? Elle m'avoua qu'elle avait une vie « un peu compliquée » et « bossait comme une tarée » (mon Dieu, moi pareil !), mais elle bloquait un après-midi de la semaine suivante. Elle m'envoya tout de suite l'adresse avec le code, et un « à mardi, 15 h », me faisant comprendre que d'ici là nous pouvions songer à la rencontre, mais sans nous parler, ce que je trouvais fantasmatiquement plus fort. Inutile de préciser que mon cœur battait la chamade.

– PÉPÈRE CHERCHE MÉMÈRE POUR ENVISAGER COCHONCETÉS, ça a vraiment marché ? me demandait, bluffée, mon éditrice.

– Oui, avec PLUS SI AFFINITÉS. C'est le PLUS SI AFFINITÉS qui a emporté le morceau, je pense.

Le jour dit, à quinze heures pétantes, je composai le code, l'atelier était au fond d'une cour, juste derrière le cimetière Montmartre, une ambiance propice au mystère, à l'aventure. La porte s'entrebâilla et je fus invité à me dévêtir et à… enfiler une toge. Un sac en toile était prévu pour que je range mes vêtements, avec un petit mot m'expliquant la marche à suivre, le masque (de lapinot) que je devais porter et qui était posé à côté du sac.

M'exécutant, je montai l'escalier menant à l'atelier. Alix était en haut, nue, et certes elle ne devait plus avoir vingt ans, mais son corps était d'une beauté que les ans avaient au contraire bonifiée, sensualisée, c'est comme ça que je le compris, que je le ressentis, le masque (de chat) qui cachait son visage laissait flotter autour d'elle sa chevelure, que je trouvais parfaite. Comme dans un rêve – érotique – je m'approchai d'elle, nu dans ma toge – mais légèrement encombré du masque qui me tombait sur les yeux –, elle se tournant vers moi, une musique pour la circonstance (*Bleu sous-marin*, de Flavien Berger je crois), une musique de jeunes, non ?, et le décor, avec toutes ces photos partout sur les murs, à la fois vintage, à la fois hyper tech – j'adorais –, oui comme un rêve, jusqu'à ce que le charme se brise brutalement, car du bruit se fit entendre dans le bas de l'escalier et une voix dit : « Alix, tu es là ? », figeant nos corps dans une tétanie aussi intense qu'un arrêt sur image – un arrêt sur image étonnamment vaudeville, pensai-je, brusquement dédoublé. Des pas montaient. Elle s'arracha à l'inertie et me poussa violemment vers le fond de la pièce, me disant, en refermant sur moi la porte d'un réduit, d'une voix affolée, mais ferme : « Surtout ne bouge pas, ça peut être très dangereux ! » Son ton me glaça tellement que je fus pris de panique, littéralement d'un hoquet cardiaque, qui perdura les heures suivantes, que je passai dans mon réduit, qui empestait les produits photochimiques, et où je me mis à grelotter, à la fois de peur et de froid, sans comprendre ce qui se passait mais en imaginant le pire, songeant à ce que l'on conseillait quand on était scénariste, que plus on dotait son personnage d'enjeux quasi létaux, et plus on emportait l'adhésion du spectateur, c'était mon cas aujourd'hui, j'étais dans un enjeu létal, et c'est une chose d'avoir la trouille pendant quelques instants, une autre de penser pendant tout un après-midi, alors que l'on est nu et vulnérable sous une toge de lin – j'étais presque certain que la toge était en lin, assez douce, mais pas très chaude malheureusement –, qu'il est possible que la porte s'ouvre et qu'un mari jaloux vous trucide (vieux aussi ? Vieux et méchant ? Meurtre passionnel entre vieux, non mais quelle horreur ! Une nécro dans *Le Parisien* en guise d'épitaphe, en plus en toge, la honte !). Finalement, sans toujours que je comprenne ce qu'il se passait – je n'entendais rien, ce qui était affolant, et s'ils me laissaient mourir de faim et de froid ? et si j'étais victime d'un kidnapping ? –, la porte finit par se rouvrir, et la maîtresse de maison, dont je vis enfin le visage, ridé, mais encore majestueux et délicat, me dit qu'elle était désolée, vraiment, et qu'il fallait que je parte, tout de suite, sans plus jamais la contacter, qu'on avait échappé à un drame, que c'était de sa faute, et elle me propulsa dans les escaliers, m'interdisant de me rhabiller, il peut revenir tout de suite, vite, s'il te plaît, et je partis tenant mon sac en toile avec mes fringues dedans, toujours nu sous ma toge, et, je ne sais pas pourquoi, encore mon masque de lapinot dans l'autre main, crispé, raidi aussi par le froid, jusqu'à mon scooter, auprès duquel je me rhabillai, sous le regard curieux des passants.

– Tu t'es trimballé en toge devant tout le monde ???
– Oui, j'étais garé rue Lepic.

Je me demandai d'abord si je pouvais raconter cette anecdote pour le moins surprenante dans mon journal, si on allait me croire, oui encore, comme mes interlocutrices sur les sites, pensez que je « mythonnais », mais j'optai finalement pour l'affirmative. Les lecteurs avaient droit à la vérité, même si mes aventures, croûton égaré sur les sites de rencontres, étaient plus cocasses qu'affriolantes.

– C'est vrai que si je ne te connaissais pas, j'aurais quand même des doutes.

– La réalité dépasse la fiction, on le constate tous les jours, tu le sais bien.

La vérité aussi, c'est que cette aventure me laissa profondément traumatisé, et devint, c'est comme ça que je finis par me le formuler, presque une allégorie de ce que vivait un pauvre vieux courant en toge après une chimère, au visage charmant mais ridé, et se trouvant pris au piège dans un réduit empestant les produits chimiques, en panique à l'idée d'être tué. Comme si l'univers avait voulu me signifier quelque chose, que j'étais bien vilain, en tant que vieux, de jouer avec ce genre de choses, les sites de rencontres, les rendez-vous masqués. Qu'il était temps, à mon âge, d'être enfin sage, de raccrocher les gants, et de rentrer dans le rang. Ce sentiment, qui m'étreignit pendant plusieurs semaines, me laissa un goût de flippe, avant que j'arrive à me reprendre et à revenir à la raison : vieux moi ??? mais non, n'importe quoi ! c'était juste une vue de l'esprit, il aurait été déraisonnable de prétendre le contraire.

7

Néanmoins, c'est suite à cet épisode, que j'appelais en mon for intérieur *La Forme spectrale des vautours* (j'aimais bien avoir dans un tiroir secret des titres pour les séquences à potentiel romanesque que ma mémoire stockait), que je développai une forme maligne d'un syndrome que je ne mis pas longtemps à identifier, celui, terrifiant, du Syndrome du Vieux Flippé (SVF).

À ma décharge, en plus de mon incursion bouleversante sur le dangereux no man's land des sites de rencontres, la vie était dure. Dure et laborieuse, car j'étais un « artiste indé ». Ce qui était à la fois plaisant – je pouvais m'enorgueillir d'une production abondante et frappée d'originalité –, gratifiant – j'étais fier de mes gribouillis et de mes petits films –, très enrichissant sur un plan personnel – j'avais pu multiplier les expériences, faire de ma vie un truc marrant et intéressant –, mais… assez compliqué au quotidien. Rebondir en permanence d'un projet de film à celui d'un livre, d'une série web à une immersion en Réalité Virtuelle, était exaltant, mais demandait une énergie et une pugnacité sans faille. Ce monde (notre monde, mon monde, celui des boomers), qui avait été un mélange subtil d'équilibre entre Chiffres et Lettres, s'était mis à basculer, depuis l'avènement numérique, du mauvais côté de la Force, au profit des Chiffres. Les Chiffres étaient dorénavant tout-puissants, car implacablement corrélés à cet objet complexe – le flouze – qui permettait aux malins en haut de la pyramide de se procurer plein de trucs sympas, doux et plaisants, tels que des chalets à Courchevel, des yachts, des mets fins, des jets privés, des empires lucratifs. Autant dire que, si votre production ne participait pas d'une façon fructueuse à la sarabande, pour produire une jolie addition dans le bas de la colonne crédit le jour du bilan, pour que les avisés à qui profitait le barnum puissent continuer à péter dans la soie, les chances qu'on vous prenne encore au téléphone n'étaient pas patentes.

Or, si mes productions suscitaient mon enthousiasme, celui-ci, en termes marchands, n'était pas suffisant pour contenter l'appétit féroce de la Machine. C'est du moins ce que le SVF me souffla un jour à l'oreille, d'un chuchotement glacial qui m'affola. La Machine voulait des trucs rentables, qui crachaient du dix pour cent en fin d'année, et si mes gribouillis et mes films étaient loin d'être dans le peloton de queue, aucun n'avait non plus décroché la grosse timbale depuis un moment. Ce n'était pas plus grave que ça. Cela faisait trente ans que je m'en sortais, plutôt pas trop mal. Pas de raisons que cela ne continue pas. Mais comme c'était tendu, et que j'étais victime d'un début de SVF, cela a commencé à me turlupiner. Je bossais déjà comme un taré, je me suis mis à travailler encore plus. Non-stop.

Matin, midi, soir. Week-end. Des scénarios. Des films de commande. Des BD. Des chansons. De la VR. J'animais des formations. Je coachais des auteurs. Et je bloquais mon été pour écrire les romans que je devais rendre à temps. Je me démultipliais comme un diable. Car la Machine était implacable, et, en tant que vieux, on peut vite avoir l'impression que ça pourrait l'amuser, à ses moments perdus, pour se distraire, de… de vous broyer !

Dans l'Ancien Monde, sensible au flou artistique, à la subjectivité, à une certaine poésie, il était plus facile de pipeauter. Par exemple sur les ventes de vos livres. « Ça a marché ton dernier roman ? » « Carrément pas mal, je sais qu'on a réimprimé plusieurs fois, on n'est pas encore à cent mille, mais on en prend le chemin. » À l'intérieur de ce nuage sibyllin, un avenir était préservé. Vous restiez dans le bon cercle. Pour peu que vous ne soyez pas un tocard complet, que vous ayez toujours une « visibilité média », et quand même quelques ventes, ça passait. Quand le représentant arrivait chez le libraire, celui-ci gardait une impression suffisamment bonne de vous et de votre dernier livre pour prendre un paquet conséquent du prochain, en tout cas assez pour pouvoir envisager une pile et un bout de vitrine. Mais pas dans le Nouveau Monde. Dans le Nouveau Monde, il existait ce truc idiot qui s'appelait Internet, qui permettait d'aller sur des bases de données où le bobard n'avait plus cours. « Ouf, désolé mais je n'en ai vendu que deux du dernier, déclarait, sans cœur, le libraire. » « Ah, vous en prenez combien alors ? » « Ben…

je ne sais pas. Un ? » Et ainsi votre livre chouchou, sur lequel vous vous étiez enflammé, sur lequel vous aviez peiné, veillé pour le rendre à temps, qui faisait partie de cette œuvre par laquelle vous teniez à témoigner plaisir et gratitude à l'univers, se retrouvait au mieux à caler la pile des autres, de ceux qui en avaient vendu plus de deux la fois d'avant. Sans la moindre chance de surnager dans l'océan implacable du flot de publications. Le marché s'était contracté. Les éditeurs, pour conjurer le sort, nation aux abois se mettant à faire tourner inconsidérément la planche à billets, avaient augmenté le rythme de leurs sorties d'une façon démentielle. Pour un éditeur, le calcul était simple, plus on occupait de linéaire sur les tables des libraires, et plus on avait de chances qu'en jaillisse le bon numéro. Car un seul succès suffisait souvent à garantir la survie d'une maison d'édition. Avec un hit, et quelques ventes moyennes, on s'en sortait. Mais vous, ô pauvre auteur que vous étiez, si votre livre n'était pas en pile un peu partout, déjà que quand il l'était ce n'était pas gagné, autant dire que les chances pour que quelqu'un pense à l'acheter se réduisaient comme peau de chagrin.

Je m'étais donc retrouvé avec ce problème ennuyeux à gérer. J'aimais écrire. C'était mon activité la plus enthousiasmante. Je m'en cognais d'être dans le top des ventes, d'avoir mon portrait en haut de l'affiche. Par contre, cela m'aurait fait mal aux seins de ne plus pouvoir faire de livres. Tenaillé par mon SVF, j'avais donc pris le taureau par les cornes. Chaque problème ayant une solution, il suffisait de trouver laquelle. La première question à résoudre était celle de la visibilité. Avant, toujours dans l'Ancien Monde, les émissions de télé, la presse, la radio, permettaient de susciter l'impulsion d'achat. Mais là, tout le monde s'en fichait. Trop de sollicitations, de séries, d'Instagram, de liens, d'articles, de musique en streaming, d'ARTE+7, de Netflix et d'expos le week-end pour se changer les idées après une semaine rivé à son écran. Vous aviez beau avoir de bonnes critiques, être invité dans des émissions, vous étiez noyé dans le flux. Il y avait bien sûr les réseaux. Mais là aussi, à moins d'être un YouTubeur hors pair, ce n'était pas si évident de tirer son épingle du jeu. Car les réseaux étaient saturés par… tout le monde. C'était le truc génial d'Internet. Tout le monde avait quelque chose à dire, et ne s'en privait pas. Du coup, cela faisait beaucoup. J'avais beau avoir mes cinq mille amis sur FB, et des likes quand je mettais un post, un like ne se transformait pas en l'impulsion d'achat nécessaire. Il me fallait donc répondre à cette première question : comment retrouver plus de visibilité ?

Dieu merci, toujours curieux et attentif à ce que me proposait l'univers, je m'étais, depuis l'avènement définitif des Chiffres, pris de sympathie pour *Les Échos*. Au moins *Les Échos* ne vous racontaient pas de craques, témoignaient de la vraie nature des événements, disaient sans détour la raison profonde des rebonds et des chaos. On apprenait en temps réel que Danone avait perdu trois points, ou que Thalès s'en sortait bien, et que donc la Machine continuait à tourner, et nous avec. Que le comex de telle boîte s'était fait lourder par les actionnaires, et que cela comptait beaucoup plus que les soubresauts politiques. Qui étaient d'ailleurs à leur juste place. Celle d'un arrière-fond, un décorum uniquement nécessaire pour préserver la stabilité du monde, et donc des échanges économiques. Et finalement, ce n'était pas plus mal, on était rassuré de savoir que les riches étaient encore plus riches (à s'en exploser la panse, les indices montraient des résultats de folie, riches, ah, ah, oui, à en crever !), parce qu'on savait bien dans le fond, que nous on ne pouvait pas l'être, qu'on ne le serait jamais, parce que c'était comme ça, qu'on n'en avait de toute façon ni le désir ni la capacité, mais que par contre si les riches arrêtaient d'être riches, devenaient pauvres, ce serait plus que certainement préjudiciable à notre bien-être et à notre petit confort.

Grâce à cette lecture édifiante, j'avais pu constater que ce qui résistait, en termes de visibilité, c'était la bonne vieille com à la papa. JCDecaux, le roi de l'affichage urbain, arborait une forme insolente, pour une raison somme toute évidente : un panneau en centre-ville, un abribus étaient vus par tout le monde, tandis que dans le maquis numérique, à moins d'être en cheville avec un GAFAM qui vous balançait de la data ciblée, votre com se perdait dans des ramifications insondables. Je le savais parce que plusieurs producteurs ou start-upeurs de ma connaissance avaient lâché de coquettes sommes, pour, selon eux, zéro résultat.

Ayant un livre qui venait de sortir – c'était juste avant que je m'engage avec l'éditrice qui publierait mes livres suivants, et donc ce journal intime – et craignant de me retrouver un jour ou l'autre en dessous de la ligne de flottaison, j'avais donc décidé de prendre les devants, et, dans le secret de ma stratégie communicante, de lancer une campagne d'affichage. Inutile de préciser que j'en avais à peine parlé aux services concernés, et que je ne les avais pas attendus non plus. Les « 4 × 3 » sur les quais de gare étaient réservés à ceux dont le retour sur investissement dans le mois était garanti. Un « 4 × 3 » coûtait une blinde, et personne n'aurait eu l'idée saugrenue de me consacrer ce budget. Par contre, faire imprimer des affiches n'était pas très compliqué. D'un clic, on pouvait en commander plusieurs centaines, pour une somme ridicule. La colle à papier peint était également bon marché – quelques euros, une plaisanterie accessible pour un communicant fauché. Quant aux murs de Paris, personne ne s'était jamais privé de les utiliser. *Affichage Interdit Sous Peine d'Amende* était une signalétique d'art contemporain, vidée de sa substance signifiante, pour n'investir qu'une raison d'être esthétique, le souvenir, peut-être, d'un monde où tout filait doux – mais cela avait-il déjà été le cas ? Il suffisait juste de se promener avec ses affiches, un seau avec la colle, et une brosse pour les déployer aux emplacements retenus. Cela paraissait simple comme bonjour. Et ça l'était. Au seul détail près que j'étais parti pour le faire moi-même, dans les arrondissements bobos, 11ᵉ, 10ᵉ, 19ᵉ et 20ᵉ, à Montreuil, là où se nichaient mes lecteurs éventuels, ou au moins mes sympathisants. Et comme je ne tenais pas à ce qu'on me reconnaisse, « Tiens, mais qu'est-ce tu fais là ? Tu colles des affiches pour… tes livres ???? », je gardais mon casque visière baissée et mon coupe-vent de motard, avec le seau de colle qui se cassait la figure dans le top case du scoot, moi en sueur ayant du mal à faire tenir mes carrés de papier, détrempés par la colle, et me retrouvant face à la couverture de mon livre se détachant sur un fond blanc, avec ce slogan au-dessus, À LIRE DE TOUTE URGENCE, signé Le Grand Libraire. Bien sûr, j'aurais pu trouver quelque chose de plus original (j'adorais trouver des slogans, comme mon PÉPÈRE CHERCHE MÉMÈRE par exemple) mais volontairement j'étais resté dans une charte le plus « mainstream » possible. Communication de masse. « Cœur de cible ET grand public ! »

Mais, entre le fait que je crevais de chaud dans ma panoplie de coursier, que je n'arrivais pas à faire bien tenir les affiches, que mon mal de hanche ne s'était pas estompé, que je me foutais de la colle partout, que trouver un emplacement n'était pas si évident (ou alors votre affiche était recouverte par d'autres malins en promo – pas des livres, mais des concerts, des marques de jeans, des annonces de conférence de bien-être personnel), j'en ai vite eu ras le bol. Au bout de deux ou trois périples, au cours desquels j'avais laborieusement réussi à badigeonner quelques murs, j'eus la chance de croiser un collègue, qui manifestement faisait ça en pro, et qui accepta, moyennant un billet, de s'occuper de la partie concrète de ma campagne. Ce fut Bingo ! Disons-le, *Les Échos* avaient vu juste. Alors que, dans le même temps, je faisais quelques émissions à forte audience, qui n'avaient suscité que peu de réactions, à peine quelques « Tiens, je t'ai entendu à la radio l'autre jour », mes affiches connurent un franc succès. Pas un jour sans que je reçoive un texto, accompagné de la photo, « C'est ouf, il y a des affiches de ton livre plein ma rue. »

– Oui, comme le livre cartonne, l'éditeur met le paquet.
– Cool, je vais l'acheter alors.

C'est donc rassuré sur le nouveau succès qui m'attendait et ma visibilité retrouvée que je passai à la deuxième partie du problème. Réamorcer la pompe. La question suivante à résoudre était : « Comment faire pour que les libraires recommandent mon livre suffisamment pour qu'il se vende et donc qu'ils en recommandent encore, et donc qu'il se vende encore plus ? » J'avais opté pour la meilleure des techniques, celle que tous les fabricants de hits, depuis que le hit-parade existait, avaient utilisée. À savoir, comme on n'était jamais mieux servi que par soi-même, un achat massif des cinquante mille premiers exemplaires du « produit », largement compensé par les millions de vraies ventes que cela impulsait. Bien entendu, je n'avais nullement l'intention de consacrer mes économies – qui de toute façon n'auraient pas été suffisantes – à l'achat de dix mille exemplaires de mon livre – pourtant À LIRE DE TOUTE URGENCE. Par contre je pouvais aller les voler. J'avais d'ailleurs déjà commencé. Depuis que Ceux-qui-pétaient-dans-la-soie avaient envoyé des contrôleurs de gestion pour serrer la vis, j'avais déjà dû en dérober sournoisement chez mon éditeur frappé de pingrerie pendant la pause-déjeuner, le jour des services de presse, de façon à avoir quelques exemplaires à donner aux producteurs, dans l'espoir de déclencher une adaptation.

J'avais donc dû voler mes propres livres chez mon éditeur (ô pauvre vieux réduit aux pires extrémités). Ensuite, j'avais fait un salon du livre, où le stand-librairie sur lequel je signais était tenu par une émanation de la grande distribution – donc pas plus de raisons que ça d'avoir des scrupules –, et comme je ne voulais pas me retrouver à la fin du week-end en catégorie tocard, j'avais méthodiquement siphonné ma table de dédicace, ainsi que les cartons en dessous, de presque tous les exemplaires disponibles. Ce qui m'avait permis de clouer le bec du commercial que j'avais eu le lendemain au tél, et qui se plaignait que « Ça ne décolle pas très fort », d'un : « Je ne comprends pas, moi en un week-end, j'ai soixante-dix-huit exemplaires qui se sont littéralement volatilisés de ma table de signature. » C'est d'ailleurs suite à ce salon, où mon score avait explosé le compteur, qu'avait surgi cette idée diabolique : aller dévaliser moi-même mon dernier chef-d'œuvre sur l'ensemble du territoire.

– Warning quand-même, m'avait alerté mon éditrice, que je tenais au courant de l'avancement du récit.

Il ne faudrait pas qu'en lisant ça on s'imagine que tu es un écrivain loose qui ne vend plus de livres.

– Pas du tout, au contraire tout le monde verra bien que je suis un littéraire-hero. Et puis c'est du second degré. Tout le monde sait que je ne suis pas une loose.

– Et les grandes surfaces, elles ne peuvent pas porter plainte *a posteriori* ?

– Enfin, c'est de la fiction, non ?

Bien entendu, voler n'était pas si simple. Il s'agissait d'une activité fastidieuse et stressante. Rien que de faire une trentaine d'allers-retours entre la tente du salon du livre et ma chambre d'hôtel, avec chaque fois trois livres coincés dans mon blouson, m'avait éreinté. D'autant qu'on n'était pas à l'abri d'un gag. À ma vingt-quatrième sortie, le bras raide et l'air concentré du non-coupable, la directrice du festival m'avait accosté. Elle était contente que je sois venu. Mais s'inquiétait, me demandait si tout allait bien. « Comme je vous vois sortir toutes les cinq minutes. Vous n'êtes pas malade ? » Effet paranoïde ou pas, son regard m'avait semblé, alors que les exemplaires de mon livre retenus sous mon aisselle étaient en train de glisser dangereusement, inquisiteur et suspicieux. Néanmoins, un nouveau point la semaine suivante avec le commercial de l'éditeur, qui ne voyait pas « de frémissement notable dans les réassorts », fit que je persistai dans mon projet. J'allais faire un tour de France et délester les points de vente – mais uniquement ceux inféodés à la grande distrib, pas question de léser les libraires indépendants, anonymes héros sans qui la littérature aurait déjà disparu.

– Vrai ? Tu vas aller *voler* tes livres ?

Ce n'était pas easy comme projet, mais pas non plus infaisable. En couplant le périple avec une ou deux signatures – chez des libraires indés –, où je me faisais rembourser mon trajet et où mon hébergement était pris en charge, et en rationalisant l'itinéraire, c'était jouable. En plus, je trouvais ça plutôt marrant, presque romanesque, cette idée d'aller « voler mes propres livres ».

Par moments, j'avais l'impression d'être dans une situation historique, un moment charnière. Comme pour les peintres à l'apparition de la photographie. La profession avait été sinistrée. Il avait fallu inventer de nouveaux paradigmes, se réinventer – c'était entre autres plus ou moins grâce à cela que les courants modernes de la peinture étaient apparus –, mais de nombreux artistes étaient restés sur le carreau. Là, c'était un peu pareil. Les écrivains allaient passer la main. Au moins partiellement. Aux scénaristes, à d'autres formes narratives, aux développeurs. Aux game designers. À la Réalité Virtuelle. C'était déjà le cas. Peut-être étais-je déjà comme un joueur de clavecin, une désuète antiquité ? À moins que les Z (les Z étaient les non-vieux nés après l'an deux mille, qui précédaient les suivant, les Alpha) ne se mettent à lire. Mais d'après les libraires interrogés, les jeunes au-dessus de quatorze ans étaient plutôt scotchés à l'écran de leur smartphone.

En attendant l'issue funeste – plus *du tout* de lecteurs –, j'avais mis le cap sur ma première destination, un gros centre commercial, dans une ville de province de moyenne importance, dont le rayon culture se devait forcément d'avoir quelques exemplaires de mon bébé. L'écueil aurait été qu'un vendeur me reconnaisse, mais là-dessus mes craintes se dissipèrent vite. Mes derniers livres n'ayant pas atteint le million d'exemplaires, les employés de la grande surface n'avaient pas de connaissances suffisamment pointues pour m'identifier. Je n'eus pas besoin de me grimer outre mesure. Je commis néanmoins mes forfaits vêtu d'un blouson passe-partout affublé d'une capuche de racaille. Même si la notoriété de mon visage n'était pas parvenue jusqu'à eux, il aurait été gênant que le pool de vendeurs fasse le rapprochement, après coup, entre le trou sur leur table et ce type bizarre qui avait rôdé là une partie de la matinée.

– T'as pas l'impression qu'il ressemblait à l'auteur des livres qui ont disparu ?
– Je ne sais pas, c'est qui déjà ?
– Regarde, là il y a des photos.
– Mince, t'as raison, je crois bien que c'est lui.

Mais aucun accroc de ce genre ne survint. Je continuai mon périple, m'arrêtant pour signer des livres chez des libraires indépendants bienveillants et cultivés le soir (qui, eux, me reconnaissaient), et fonçant voler ces mêmes livres dans les antres de la grande distrib le jour. De façon à amortir mes frais d'essence, j'eus la bonne idée de récupérer une covoitureuse via Blablacar, qui s'extasia de ma pugnacité.

– C'est quoi tous les livres que tu as sur la banquette arrière ?
– …
– Je peux regarder ? C'est tes livres ? Tu écris ?
– Oui.
– C'est génial. Et tu les vends toi-même ? Tu vas d'un endroit à l'autre et tu les proposes, comme ça, aux gens qui ont envie de lire ?
– Oui, en quelque sorte.

J'avais un coup de mou à l'idée de lui expliquer les subtilités du hit-parade. Et le pire, c'est que mon stratagème fit d'abord long feu. Lorsque j'eus de nouveau au téléphone le responsable des ventes, je ne pouvais qu'être sûr de moi, j'avais presque deux mille exemplaires de mon livre empilés à l'arrière de ma voiture, je ne sais pas quel auteur aurait été capable d'une telle prouesse, mais sans me pousser du col, on ne devait pas être très nombreux.

– Ça devrait bouger un peu, non, avec toutes les signatures que j'ai faites ?
– Pas vraiment. En GFK, on est à moins de mille.
– À moins de mille ? C'est impossible !

Pris d'un doute, j'avais quand même demandé comment le « GFK » était comptabilisé. Les GFK étaient la nouvelle arme des Chiffres, ils donnaient quasiment en temps réel les scores de ventes. Et dans mon élan, je n'avais pas pensé à creuser le sujet, à m'inquiéter de savoir comment s'organisait cette diablerie. Dans mon esprit, les livres étaient dans la librairie, ensuite ils n'y étaient plus, cela me paraissait suffisant. Naïf et esprit fruste que j'étais. Le GFK n'était pas l'émanation d'une magie puissante, capable de savoir à distance le nombre de livres reposant sur les tables de tel ou tel point de vente, mais plus prosaïquement le résultat d'une efficace technologie qui comptabilisait les livres s'étant présentés, pour être payés, à la caisse du magasin. Les livres que j'avais subtilisés étaient donc des livres fantômes, qui ne rentraient dans aucune catégorie, puisque, en plus, tout étant informatisé, les réassorts se faisaient sur la foi des ventes bipées en caisse. Je dus donc me retaper une visite téléphonique de tous les endroits que j'avais visités.

– Bonjour, – voix chevrotante de Mère-Grand – je voudrais savoir si vous disposez dans vos rayons de cet excellent livre dont on a parlé la semaine dernière sur France Inter.

– Bien sûr, madame. Nous l'avons disponible à la vente.

– Pouvez-vous quand même vérifier, car j'ai envoyé ma nièce le quérir tout à l'heure, et elle ne l'a point trouvé.

Le vendeur allait voir, et finissait par revenir, penaud.

– Effectivement, nous n'en avons plus. J'en recommande immédiatement.

Qui a dit qu'écrivain était une activité de tout repos ? Certainement pas moi. J'étais exsangue. Sur tous les fronts. Le directeur juridique me laissa un message, j'étais invité à le rappeler de toute urgence. « Qu'est-ce que c'est que cette histoire d'affiches ? »

– Une campagne promotionnelle complémentaire venant en appoint de la stratégie éditoriale usuelle.
– Comment ça ? J'ai deux commerçants qui nous menacent d'une plainte au pénal. Leurs devantures sont recouvertes d'affiches avec la couverture de votre livre.
– Ah ?

C'était éreintant, d'autant que la colle utilisée par le lascar que j'avais payé était une colle forte, rétive au décollage, je m'en rendis compte en allant arracher les affiches chez les commerçants mécontents – des enquiquineurs, les affiches mordaient à peine sur leurs vitrines. À la deuxième façade, un peu de peinture était partie avec, ce qui occasionna un nouvel échange entre le commerçant et le directeur juridique, puis entre le directeur juridique et moi, lui m'annonçant que la coupe était pleine, que les auteurs n'avaient pas à s'occuper directement de la promotion de leurs livres, et moi me contenant pour ne pas lui rétorquer que dans cette jungle cruelle dans laquelle j'étais plongé (moi qui n'avais pas un salaire de directeur juridique qui tombait chaque mois) j'étais bien obligé de faire preuve d'inventivité, pour finir par lui assurer que s'il y avait des plaintes je les prendrais à ma charge, j'en assumerais toutes les conséquences. « Si, monsieur le Juge, j'ai commis ce méfait de ma propre initiative, ni mon éditeur, ni son directeur juridique n'étaient au courant de ce geste malheureux et inapproprié. »

Mais malgré tout, si, ma stratégie finit par payer. Aucun commerçant n'alla au bout de sa menace, par contre l'intégralité des quartiers bobos de Paris avaient été recouverts des affiches de mon livre À LIRE DE TOUTE URGENCE, et les ventes avaient fini, à la grande surprise du responsable commercial, par décoller.

– C'est bizarre, on a très peu de retours, et avec un décalage entre le GFK et le réel.

– Le truc n'est peut-être pas encore complètement au point ?

– Si, d'habitude c'est très fiable.

– C'est quand même rassurant de voir qu'il peut y avoir encore des surprises.

Quoi qu'il en soit, décalage avec le GFK ou pas, les faits étaient là, mon livre s'était bel et bien vendu, on avait fini par réimprimer, et en vendre – des vraies ventes, dans lesquelles mes talents d'Arsène Lupin n'étaient pour rien. Ce qui prouvait bien que les dés étaient pipés, et que les lecteurs obéissaient à une impulsion panurgienne. Mais comment leur en vouloir ? Je faisais exactement pareil. Moi aussi je lisais moins, je regardais des séries, ARTE+7, je passais du temps sur les réseaux, et je me changeais les idées en allant voir des expos le week-end. À ce rythme, qu'allais-je devenir ?

8

Tout cela était bien joli, mais je ne me voyais pas remettre le couvert à chaque sortie de livre, les années passant, un peu courbé, vaillant, avec mon cabas, partant subtiliser suffisamment d'exemplaires pour que les autres se vendent, et me délassant le week-end en arpentant les rues de Paris avec mon seau et ma colle. Cela n'ouvrait pas sur une perspective rassurante, mon Syndrome de Vieux Flippé ne s'apaisait pas. C'était bien ça l'ennui. Lorsqu'on était jeune, eh bien… on était jeune, et on savait que l'on pouvait faire front, mais vieux, on se mettait à flipper, on imaginait le pire, vieux, vieux et pauvre, vieux débris mendiant, matraqué, peut-être, par un vigile obtus, ne comprenant pas ce geste pourtant profondément artistique, voler son propre livre dans l'espace culturel d'un centre commercial, vieux et misérable, lorgnant à la fin du marché sur des fruits avariés, quelques vers d'un poème en tête surnageant encore au milieu du désastre. Il fallait que je trouve quelque chose, et, à ce moment-là, j'étais concentré sur mon mal à la hanche, qui rendait tout ça encore plus prégnant, plus d'actualité. Ce mal de hanche était une véritable chienlit, parce que cela plaçait le problème dans une zone tangible, celle de la douleur, et la douleur était une des choses – en tout cas pour moi qui n'avais ni l'entraînement d'un judoka shaolin, ni le détachement d'un moine bouddhiste, et encore moins, n'en déplaise au débile qui m'avait suspecté de masochisme chronique, l'appétence d'un martyr – qui nous persuadait irrémédiablement que la réalité que nous vivions était une « vraie réalité » – et pas juste une vue de l'esprit, une invention totale de notre cerveau. Le reste, le plaisir, les joies, les peines, même les petits désagréments de l'existence, que tout cela soit juste un délire de nos neurones, voire un jeu vidéo, après tout pourquoi pas ? Noah Harari le suggérait très judicieusement dans un de ces livres : « Pour autant que vous le sachiez, on est peut-être en 2217, et vous êtes un ado blasé, immergé dans un jeu de réalité virtuelle qui simule le monde primitif et excitant de l'aube du XXIe siècle. Dès lors que vous admettez la faisabilité même de ce scénario, les mathématiques vous conduisent à une conclusion effrayante : puisqu'il n'y a qu'un monde réel, alors que le nombre de mondes virtuels potentiels est infini, la probabilité que vous habitiez l'unique monde réel est proche de zéro. » J'avais trouvé cette idée si charmante que j'avais mis cette citation en exergue d'un film en réalité virtuelle. Après tout, oui, pourquoi pas ? La vie comme un rêve dans lequel nous expérimenterions péripéties et situations. Où même nous rêverions à l'intérieur du rêve. En mode *Inception*. Idée tellement séduisante. Mais pas quand nous avions mal à la hanche. Le concept de Maya, cher aux hindouistes, pris dans le sens d'un monde illusoire duquel nous serions le jouet, dans ce cas précis, ne tenait plus. Putain, j'avais mal à la hanche, et c'était super lourd. Ça me réveillait la nuit. Ça me faisait mal le matin. Ça me handicapait la journée. Je ne pouvais plus courir. Ça limitait mes mouvements. Avec ce même gimmick qui rythmait tout ça : « T'es vieux, mon pote. Faut t'y faire. T'es vieux et c'est bien fait pour toi, t'avais qu'à pas avoir été jeune, comme ça, t'aurais pas de regrets. » Bien entendu, c'était des considérations stupides, et cela n'avait aucun sens. Mais quand on était vieux, comme moi, vieillard obligé d'aller voler ses propres livres, affligé d'un SVF, de coller des affiches qui déteignaient sur les devantures d'innocents commerçants, on avait vite tendance à cultiver des idées sombres, à se dire qu'on entrait dans un tunnel avec juste bernique au bout. Un tunnel descendant, où on allait glisser vers des trucs de plus en plus craignos, dont cette douleur n'était rien d'autre que le hors-d'œuvre.

– T'exagères encore un peu quand même, non ?
– Non.

Heureusement, même si je n'avais pas l'entraînement d'un shaolin, je réussis à trouver en moi les ressources pour réagir. Je me réveillai un matin, muni d'un plan de combat dont la pertinence me regonfla à bloc. Ce plan avait l'évidence et le brio d'une efficace simplicité. J'allais d'un côté devenir tellement respectable, tellement reconnu, que le groupe social ne pourrait que prendre en charge mes soucis matériels. Et de l'autre écrire un best-seller qui de toute façon me mettrait à l'abri du besoin, et ce, au minimum, pour quelques années. Les deux conjugués, la reconnaissance irréfutable d'une société admirative et bienveillante, et la déferlante du succès éditorial, feraient que je pourrais affronter plus sereinement les tourments dus aux dysfonctionnements de mon enveloppe charnelle atteinte par la péremption.

1° : J'allais postuler à l'Académie Française, et devenir Académicien. Et, 2° : en parallèle, sous pseudonyme, écrire un roman porno !

Sur le moment, je trouvais que c'était franchement un bon plan. Il m'étonna moi-même, et je fus soulagé d'être encore capable de m'épater. Cela me remonta le moral. Je n'avais pas vraiment idée de quelle façon il était possible d'être admis à l'Académie. Je savais qu'il fallait envoyer une lettre, et qu'on n'y postulait que lorsqu'un membre, suite à son décès, laissait son siège vacant. C'était donc le même principe que le pape, une fois qu'on y était, c'était tout bon. On ne pouvait pas se faire virer. J'ignorais si l'on vous donnait un salaire, ou des jetons de présence, mais il était de toute façon peu probable qu'on vous laisse dans le dénuement, SOCIÉTAIRE ACADÉMIE FRANÇAISE OBLIGÉ DE COLLECTER LÉGUMES AVARIÉS FIN DU MARCHÉ AVEC COLLAGE AFFICHES SAUVAGES SUR VITRINE MENACÉ PROCÈS COMMERÇANT

COURROUCÉ, non, cela n'était pas envisageable. Quand on était à l'Académie, on devenait un Immortel, c'était le principe. Et les Immortels ne crevaient pas de faim, là encore, c'était évident. Quand on était à l'Académie, le SVF s'estompait dans l'instant, c'était marqué dans la posologie, dès la première réunion avec les Immortels.

Je m'étais donc plongé dans une recherche approfondie. Cela n'avait pas l'air très compliqué. Il suffisait effectivement d'envoyer une lettre, et de dire que l'on était candidat. Ensuite, le vote était à la majorité absolue. J'ai regardé la tête des Académiciens. Bon, si j'étais retenu, il allait me falloir faire de preuve de résilience. Wouah, c'était quand même chaud. Le look qu'ils avaient dans leurs costumes ! C'était... mon Dieu, c'était incroyable. Ceci dit, ça datait de Louis XIII. On ne pouvait pas leur en vouloir. C'était comme un anachronisme. Ils étaient Immortels, et donc depuis Louis XIII. L'explication était là. Un truc certainement magique. Pouf, on était au XVIIe siècle, et quatre cents ans plus tard, on était encore assis dans le fauteuil, téléporté, avec sa petite épée et ce costume. Putain, le costume. Ça tuait quand même. On aurait vraiment dit un déguisement de gendarme dans une république bananière. Et que pouvaient-ils bien se raconter ? J'ai regardé les noms. Ouh la la, il y avait Giscard. C'était canon. J'adorais Giscard – alors que quand j'étais au lycée, il était honni – depuis que j'avais vu les documentaires de Depardon. Il avait une classe folle, et un humour pince-sans-rire qui me plaisait bien – cette scène où il parle de Montceau-les-Mines, quand il est en campagne, un dialogue d'anthologie[1]. Et ça me rappelait mon adolescence. Quand j'étais jeune. C'était affreux de penser à ça sous cet angle, moi vieux, enfin pré-vieux, face à Giscard encore plus vieux. Et nous deux dans ce petit costume. C'était une vision tellement saugrenue qu'elle m'enchanta néanmoins pendant plusieurs jours. Cette image presque comme un rêve, de moi en train de parler de la pertinence d'officialiser tel ou tel mot de notre belle langue française avec Giscard. « J'adoooorrre le concept ! J'adore vraiment » – et derrière cette image se profila une virgule de mélancolie, car il y avait fort à parier que d'ici que ce journal soit achevé, Giscard ne serait plus parmi nous, comme un indicateur supplémentaire de cette course folle du temps qui semblait s'acharner sur nous.

– C'est une bonne idée, l'Académie. La parade infaillible.

– Tu crois ?

– Bien sûr. Là, justement, tu défies le temps lui-même. La littérature défie le temps !

1. De mémoire Giscard est en train de préparer sa tournée de campagne, et ses lieutenants lui proposent différents spots, et quand il entend Montceau-les-Mines, il prend son air de Giscard et dit : « Oui, parfait, Montceau-les-Mines, cela se pose un peu là, il ne peut pas y avoir d'ambiguïté. » Pour contextualiser, Giscard était le symbole du grand bourgeois, être associé à Montceau-les-Mines était une sorte de pied de nez caustique à ses opposants, qui étaient à l'époque Georges Marchais et Mitterrand, qui revendiquaient constamment leur attachement aux « travailleurs ».

En tout, Giscard compris, ils étaient quarante. J'en connaissais plusieurs. Enfin, plusieurs me connaissaient. Parce qu'il y avait des écrivains journalistes que j'avais déjà croisés, ou qui avaient fait des critiques de mes livres. C'était toujours ça, car tous les témoignages le précisaient, pour être élu, le réseau comptait beaucoup. Or, du réseau, je n'en avais pas. En vieillissant, j'avais tendance à devenir misanthrope. Je pensais qu'on vivait dans un hôpital psychiatrique (et donc qu'il valait mieux se tenir à l'écart des autres oufs, car certains pouvaient vite être toxiques), ce qui n'était pas la meilleure façon de cultiver un réseau. De plus, il fallait un « protecteur », parce que si postuler ne coûtait que le timbre de l'envoi, dans l'hypothèse où votre candidature était retenue, c'est vous qui deviez vous appuyer l'achat du costume et de l'épée, et là on entrait dans le dur.

– Tu crois que tu peux en trouver un ?
– Un protecteur ? Je sais pas trop...

Si j'en croyais l'article du *Point* qui détaillait une candidature récente, ça douillait. Et pas qu'un peu. On parlait de rien de moins que 100 000 boules. Pour financer cela, les proches du candidat créaient une association de soutien pour collecter les donations. Cette phrase me laissa songeur. Je me demandais qui bigre parmi mes proches pourrait bien se laisser tenter par cette occupation attrayante, créer une association dont la raison d'être serait de collecter 100 000 euros pour m'acheter une épée et un costume vert de torero. Je ne voyais pas mes proches-proches me suivre sur ce terrain. Déjà que nous avions du mal à renvoyer tous les mois la déclaration de TVA à laquelle notre petite société de production était assujettie. Quant à trouver un mécène capable de cracher les 100 000 boules, là c'était juste de l'anticipation peu plausible. Je ne connaissais pas de riches. Des entrepreneurs, des producteurs, des artistes, oui. Qui gagnaient bien leur vie. Mais des riches, des « en haut de la pyramide », non. Pas vraiment. Ou en tout cas pas suffisamment pour se laisser aller à me balancer un « petit 100 000 boules » comme ça, d'une pichenette. ~~Le seul que j'aurais pu solliciter c'était Vincent Bolloré. J'avais une relation intéressante avec Vincent Bolloré. À peu près au moment où je faisais le tour de France pour booster le hit-parade d'un de mes livres, je lui en avais envoyé un exemplaire. Pourquoi, alors qu'il venait de racheter Canal, qu'il fichait tout le monde à la porte, et qu'autour de moi on le décrivait comme un monstre lamineur de la création ? Par intérêt romanesque. Je trouvais que c'était un personnage incroyable, qui avait transformé son aventure entrepreneuriale en une épopée qui aurait mérité une série. Sans compter son rapport à Dieu et à la foi, qui me parlait. Et donc, je ne sais pas ce qui m'avait pris, je lui avais envoyé un livre. Et… il m'avait répondu. Bien entendu, je n'avais pas la naïveté de penser que le petit mot manuscrit que j'avais reçu était de sa main, mais j'avais loué l'efficacité et la courtoisie de son assistante. Tout le monde ne l'avait pas. Mais toujours est-il que quelques mois plus tard, en discutant avec quelqu'un qui le connaissait bien, cette personne me détrompa.~~

~~– Si, c'est possible que ce soit lui. Il est spé. Il ne marche qu'à l'instinct. Envoie-moi une photo du mot, je te dirai si c'est son écriture.~~

~~C'était le cas. Du coup, à chaque nouveau livre, je lui en envoyais un exemplaire, avec une dédicace, il me renvoyait un petit mot. Et même, et même, pour un projet de série que j'avais écrit et qui bloquait avec Canal, il m'avait obtenu une connexion avec le Big Boss, qui avait fait en sorte que le service concerné : « Ah, vous connaissez V.B.… », reconsidère son refus – sans résultat cependant, comme quoi sa réputation de despote était exagérée. Bref, nous étions presque intimes. Mais lui demander 100 000 boules, comme ça, au débotté ? Non, c'était hors de propos. D'autant que ce n'était pas mon genre, je ne sais même pas ce que j'aurais fait s'il me les avait donnés~~[1]. Cette histoire d'Académie n'était donc pas gagnée. Et d'autant plus que je n'étais pas le seul à avoir l'idée. J'avais vu çà et là la liste des postulants des dernières années. Là aussi, j'en connaissais plusieurs. Ils avaient beau faire leurs sucrés dans les interviews, dire à quel point ils étaient à fond sur l'Immortalité de la langue française, et tout ça, ça sentait le chacal aux abois, ce n'est pas à moi qu'ils allaient la faire. Et plusieurs étaient des mondains. Des qui avaient du réseau. Qui se fadaient les

1. Pour des raisons liées à des mouvements capitalistiques touchant le monde de l'édition (et par peur d'être – injustement – accusé de faillotage), ce passage se doit d'être également ghosté.

cocktails trois fois la semaine minimum. Et qui avaient la petite fenêtre comme critique-influenceur, dans un journal ou une radio, fenêtre suffisante pour qu'on les brosse dans le sens du poil, au cas où.

– Mais, parmi les Académiciens, il y en a peut-être qui aiment tes livres ?
– Oui. Peut-être.

Le costume était quand même particulièrement bizarre. Ça me faisait penser au *Rivage des Syrtes*. Je ne sais pas pourquoi, je trouvais que cela aurait pu convenir aux soldats de cette armée étrange, attendant un ennemi incertain. Un truc un peu italien. Une comédie. Mais non, c'était on ne peut plus sérieux. Ils se réunissaient régulièrement. Comment cela se passait-il quand ils se regardaient dans la glace ? Moi, avec le costume et l'épée, avec Giscard en face de moi, j'aurais l'impression d'être sous acide. Mais après tout, c'était idiot d'avoir des préjugés, il y avait peut-être un secret profond. Quelque chose qui vous échappait de l'extérieur, mais qui, une fois que l'on y était, devenait évident. Ou alors c'était juste n'importe quoi. Une pitrerie grotesque. Difficile d'avoir un avis tranché. Toujours est-il que c'était une option. Vieux, et Académicien. C'était mieux que vieux tout court, non ? De toute façon, pour ne pas me trouver le bec dans l'eau, je creusais en simultané l'autre piste, celle du roman porno, que j'allais écrire sous pseudo, et avec lequel j'allais nouer un lien avec la fortune suffisamment tangible pour couper court aux bouffées anxiogènes qui m'envahissaient.

9

Le roman porno me paraissait naturellement éligible au rayon des bonnes idées. J'avais régulièrement des bonnes idées. Que j'arrivais assez souvent à mener à terme. Mais rarement – en fait objectivement jamais – avec la matérialisation d'un trésor au bout. Plusieurs raisons à cela. La première, c'est que je n'étais probablement pas fait pour être riche. Je n'avais pas cette ligne inscrite dans la paume de ma main. Et puis surtout, j'adorais monter des projets, m'enthousiasmer. Et ce qui m'enthousiasmait n'avait souvent qu'un rapport lointain avec la rentabilité. Je devais aussi avoir au fond de moi une gêne avec ce truc d'avidité que je voyais autour de moi – j'avais des amis, de bons camarades, dont le prisme existentiel était de façon parfaitement assumée l'argent. Est-ce que je trouvais cela vulgaire ? un peu con ? C'est possible. Mais au final, c'était moi le nigaud, parce que je passais un temps considérable à échafauder des stratégies pour échapper au paupérisme, geignant à qui voulait l'entendre qu'il était honteux qu'un pauvre vieil écrivain qui avait si fidèlement servi la littérature en soit réduit à courir après un billet, alors qu'en plus, en fin d'année, immanquablement la calculette de mon smartphone m'indiquait que j'émargeais encore une fois dans le petit pourcentage des « considérés comme riches » – putain, mais comment faisaient les vrais pauvres ??? – alors que j'avais pourtant l'impression de ne jamais avoir un kopeck en poche.

– Attention, commentait mon éditrice, attentive à chaque détail, double warning ! D'abord tu te replaces encore dans la catégorie des loose, et ça, par pitié, évitons. Les pauvres, à moins de faire du Zola, cela ne fait pas envie. Ce n'est pas ça qu'on vend. Et en plus, à la ligne d'après, tu glisses qu'en fait tu gagnes suffisamment pour être considéré comme riche. Donc tu perds à la fois les riches, et les pauvres, ce n'est pas très malin.

Elle avait raison. Il n'empêche, il y avait un élément que j'aurais pu mieux gérer, et qui était au centre de ma problématique, qui réactivait mon SVF au quart de tour : l'argent, évidemment ! Au lieu de gagner un peu, beaucoup de fois, il eût été préférable que je gagne beaucoup, peu de fois. J'avais donc régulièrement des idées qui allaient dans ce sens. Celle du roman porno en était une, plutôt pertinente, bien qu'un peu touchy. Aujourd'hui, ce qui évoquait le sexe était *a priori* suspect. Il fallait donc avancer masqué, avec un roman qui s'insinue dans les failles laissées vacantes par l'ambiance épouvantable qui s'était abattue sur nos contrées. Pas un jour sans que la une des journaux ne s'orne d'affaires consternantes. Le concept d'homme violeur potentiel était maintenant inscrit comme une évidence (en plus pas n'importe lequel, le quinqua blanc avec un peu de tunes, horreur, j'étais dedans).

Et il était difficile de faire admettre qu'il existait pourtant une autre catégorie, certes de la même espèce, mais d'une souche différente : celle des hommes qui aimaient les femmes, et qui aimaient baiser – avec des femmes qui aimaient les hommes, et qui aimaient baiser aussi. Prudence étant mère de sûreté, mieux valait faire mon coup en douce (d'ailleurs était-ce une bonne idée de parler de ça, du sexe, dans mon journal intime ?). Pondre le roman, le balancer à un agent – je n'avais pas d'agent, je n'aimais pas les intermédiaires, mais là c'était différent –, j'en avais déjà un en vue, qui pourrait le faire tourner chez les éditeurs – et surtout à Francfort, la grande foire internationale du livre – en laissant entendre qu'il était né sous la plume « d'un écrivain très connu », et qu'à coup sûr on tenait là le « nouveau *50 Nuances de gris* ». Je n'avais pas lu *50 Nuances*. Je savais juste que c'était SM. Je n'avais aucune attirance pour le SM. Quand j'étais libertin, il y avait parfois des couples SM qui venaient dans les soirées échangistes « normales ». C'était toujours plus comique et attendrissant qu'excitant. Ces accoutrements de latex dans lesquels immanquablement ils se trouvaient boudinés, avec les casquettes sorties d'une version cheapouille de *L'Équipée sauvage*, plus la cravache – la cravache était la cerise sur le gâteau –, tout cela n'était guère inspirant. En plus, j'étais bien trop douillet pour me projeter une seule seconde dans un truc où l'on m'aurait molesté. Quant à moi, tenir le martinet, je ne me voyais pas en père Fouettard. Et de toute façon, *50 Nuances* avait déjà ramassé la timbale. Il me fallait déployer mon best-seller avec une autre propal. Après mon incursion – malheureuse – sur les sites de rencontres, je m'étais engagé dans une relation tendre (avec une femme plus basiquement croisée dans un cercle de proches, à l'ancienne). J'avais rencontré l'Amour. Et comme je discutais avec L. de cette idée de batifolage littéraire, que nous étions d'accord pour penser que toutes ces affaires avaient sapé le potentiel sexuel de l'amour, je m'orientai assez rapidement vers quelque chose où les sentiments auraient leur place. Pourquoi pas Un Roman d'Amour Porno. Ou plutôt, ça sonnait mieux : Un Roman Porno d'Amour. L. – en tant que femme – était à fond sur l'idée. Avec L. tout était simple. Nous nous étions plu. Nous avions couché. Et nous nous étions aimés. L. était légèrement plus jeune que moi – mais pas tant que ça. Nous avions des références communes. Des envies semblables. Et elle trouvait cool que je lui écrive un roman porno. Mais à une condition – et c'était cela la force du livre.

– S'il est aussi d'amour, bien sûr.

UN ROMAN
PORNO
D'AMOUR

Le truc qui déchirait vraiment. L'amour – mais avec du porno. Du porno – mais amoureux. J'étais casher dans toutes les dimensions. Wouah. Cela venait tout seul. J'étais trop content, le début me semblait tip-top.

Je la trouvais incroyablement sexuelle. Pas sexy. Plus que ça. Belle et sexuelle. Capable d'aller dans les espaces où quelque chose de brutal arrivait, vous emportait. Un endroit, un moment, où le cerveau se déconnectait, pour glisser vers des séquences de plaisir pur. Où l'on pouvait crier, jouir. Ou tout était permis, à partir du moment où le plaisir était plus fort, plus intense, montait en nous. J'adorais qu'elle jouisse dans ma bouche. Qu'elle jouisse quand je la prenais, quand je la caressais, quand je suçais ses seins. J'adorais qu'elle m'ait raconté comment elle s'était fait prendre, lécher. La chambre d'hôtel où elle était nue, en bas et talons aiguilles. Imaginer qu'elle avait sucé son amant, avant de l'enlacer, elle sur lui, la chatte mouillée, prenant son plaisir, avec ses talons aiguilles qui donnaient à la scène la couleur, l'absence d'ambiguïté sur ce qu'elle était : une fille qui aimait baiser, et qui aimait qu'on la baise.

Bien sûr, face au succès planétaire qui m'attendait, je serais probablement obligé de rompre avec l'anonymat, de me dévoiler. La pression serait trop forte. Serais-je capable de l'assumer ? Cet aspect du projet me faisait hésiter. Il y avait aussi la question du film, qui bien entendu serait lui aussi promis à un énorme succès. Le réaliserais-je ? Non. Je l'aurais tout de suite tiré vers quelque chose de trop arty, mieux valait laisser les manettes aux mains d'un ténor d'Hollywood. De toute façon, avec les profits colossaux qu'il générerait, je pourrais tout à loisir m'adonner à mon passe-temps favori, faire des films qui intéressaient peu de monde, qu'on trouvait trop perchés, ou trop quelque chose.

– Si c'est appelé à faire un succès planétaire, la moindre des choses serait que tu nous le proposes en priorité, me faisait remarquer à juste titre mon éditrice.

– Mais tu éditerais un truc porno, même si c'est sentimental ?

– Non, évidemment, convint-elle, après réflexion.

Ce roman porno était ce genre de projet sur lequel je pouvais m'emballer, qui conjuguait plusieurs qualités, dont la moindre n'était pas de susurrer, telle Shéhérazade, à l'oreille de ma compagne, de jolies histoires où elle se faisait prendre dans tous les sens, sous mon regard énamouré. Passe-temps des plus agréables, qui avait le mérite de nous procurer plaisir et volupté, tout en me persuadant que le temps de la fortune était proche. Que ces incroyables et fatigants périples, à la recherche de ma pitance et d'un semblant de sécurité, allaient laisser enfin place au doux parfum d'une richesse suffisante pour cesser de flipper à l'idée de lendemains précaires et anxiogènes. En plus, de me focaliser sur ce récit bourré de phéromones me replaçait dans une perspective narrative beaucoup plus alléchante qu'un couloir d'hôpital agrémenté d'un cercueil. J'oubliais complètement que j'étais vieux – mais oui c'était ça la bonne idée, ne vieillissez pas, baisez plus ! J'avais placé un enjeu simple – dans tout récit il fallait un enjeu, un but, une résolution –, et mon expérience de scénariste m'avait appris que plus ce but était simple et compréhensible, et plus il était possible de rajouter de la complexité par-dessus. Celui de mes deux héros – ou plutôt de mon héroïne et de mon héros, pour ne pas me soustraire aux obligations paritaires en vigueur – était d'une évidence qui ne souffrait pas le moindre mal de tête. Allait-il franchir le pas d'un « plan à trois » ? Puis ensuite d'un « plan à quatre » ? C'était une question apparemment facile, mais quand on la regardait mieux, comme ces équations mathématiques d'un abord évident mais qui recélaient en vérité des trésors de complications, pas du tout évidente. Car autant dans le feu de l'action, juste à deux, se raconter un décor peuplé de faunes turgescents, avec quelques copines éventuellement prêtes à venir les rejoindre, était simple comme bonjour, autant passer à l'acte était une autre paire de manches. Et c'est dans ces supputations, ces hésitations, ces projections, que je pouvais déployer mon talent narratif.

Mais d'abord je plaçai le contexte.

L. exerçait la profession d'avocate d'affaires, et si ses clients masculins la choisissaient bien entendu pour ses qualités professionnelles – elle était très appréciée –, ils n'étaient cependant pas insensibles à l'aura sexuelle qu'elle dégageait naturellement, sans ostentation, mais avec efficacité. Il était donc facile de l'imaginer enchaînant les rendez-vous, en robe, avec des bas, sa chatte nue établissant une proximité secrète avec ces hommes, qui se penchaient vers elle, se mettaient à la tutoyer, déjeunaient avec elle, l'écoutaient, étaient séduits, et, je le savais, c'était inévitable, avaient envie de la baiser. Plutôt que d'en être jaloux (elle m'avait confié ne pouvoir se passer de ces situations à la limite de l'équivoque) j'essayais d'en tirer un profit sensuel. Je concevais des bribes de scénarios, où il était question de rendez-vous en fin de journée, de chambre d'hôtel où elle m'aurait rejoint, et où, sans un mot, elle serait venue sur ma bouche pour que je vérifie avec quelle fréquence et avec quelle intensité elle s'était laissée aller à jouer avec cette idée : passer à l'acte, tout en sachant qu'elle ne l'avait pas fait, mais qu'elle aurait pu, et je savais alors qu'elle se ferait jouir plusieurs fois, convoquant en pensée sous ma langue cette succession d'amants potentiels, qui devaient, nous en étions certains tous les deux, ressentir à distance la puissance des orgasmes auxquels ils contribuaient. Je la prenais ensuite, et, pendant qu'elle jouissait encore, elle me murmurait les détails, les non-dits qui avaient animé ses rendez-vous, le trouble qu'elle savait avoir provoqué – ce qui évidemment l'amusait. Et cela, en plus de m'exciter, m'amusait aussi.

Ensuite venait le temps du suspense.

L. qui suivait la rédaction du roman avec attention, en avait déjà délimité les contours. Allait-elle oui ou non se faire prendre devant moi par un autre homme ? Elle connaissait la réponse, et avait proposé de l'écrire sur un bout de papier et de le confier à un tiers. Nous l'ouvririons une fois le roman terminé, afin d'en vérifier la pertinence. Cela sous-entendait (c'est ce que laissait entendre le ton avec lequel elle l'avait dit) que c'était NON. Mais d'une part seuls les imbéciles ne changeaient pas d'avis, et d'autre part elle était rentrée le soir suivant en m'annonçant qu'elle partait bientôt en Laponie, avec un de ses clients, pour étudier une fusion d'entreprises dans un

« séminaire ». « Oui, j'ai accepté. Vu le contexte de boulot, c'était difficile de refuser. » L'image quasi létale d'elle à poil dans un sauna avant d'aller se rouler dans la neige, le client la faisant hurler de plaisir ensuite, sous un mélèze à la chevelure ornée de givre, m'avait glacé jusqu'aux os. Décidément cette histoire de libertinage « sous contrôle » était aussi potentiellement un piège fatal dans lequel nous risquions de tomber. Car, en fait, lors de notre débrief multihebdomadaire du « roman » – L. le lisait quasiment en temps réel – il s'avérait que le NON, eh bien, pouvait être OUI.

Ce qui induisait ce qu'il fallait de tourment psychologique pour mettre le feu au lit – et bien entendu à celui de mes lectrices (car je visais les lectrices).

« Oui, j'ai envie d'essayer ce truc d'un plan avec un autre homme. » « Mais... avec moi ? » Petit temps d'hésitation. « Oui, bien sûr, avec toi ! » Nous dînions dans un restaurant de Montparnasse quand elle me l'avait annoncé. J'en avais la tête qui tournait. Je lui avais demandé d'une voix blanche si elle en avait vraiment envie. La réponse était suffisamment éloquente. « Oui, enfin non. Enfin je ne sais pas. » L'ambiguïté, mais au-delà de cette ambiguïté, la porte que cela ouvrait maintenant – finalement nous allions le faire ! – laissait entrevoir une zone mystérieuse qu'il allait nous falloir investir, et ce challenge, aussi exigeant littérairement, qu'émotionnellement perturbant – et aussi incroyablement excitant, car nous étions amoureux, il n'y avait rien de glauque ou de malsain, juste qu'elle prenne le plus de plaisir possible, tout en boostant le mien,

en abolissant cette idée stupide de jalousie – n'était quand même pas un petit challenge. C'était même une sacrée paire de manches. Nous étions sortis du restaurant. Les lumières de Montparnasse, où le nom des terrasses connues, Le Select, Le Dôme, La Coupole, en donnant au boulevard cet aspect de condensé d'une autre planète (c'est en tout cas comme cela que je le ressentais) ajoutaient à mon trouble. Comme nous n'étions pas loin de Denfert, j'avais repensé à l'hôtel où elle s'était fait prendre par le prof de musique rencontré sur OK.Cupid, la fois où elle portait des bas et des talons aiguilles, et au récit détaillé qu'elle avait commencé à m'en faire – elle l'avait sucé, il l'avait prise en levrette – et je l'avais embrassée, comme chaque fois, pris d'un désir sans borne, mais qui, comme elle était fatiguée, cette fois ne se concrétisa pas. Je restais donc sur cet élan fou, et sur le récit de son rêve de la veille (L. faisait des rêves érotiques quasiment toutes les nuits), où elle avait baisé avec un type dans un grosse voiture – je supposais la déclinaison onirique d'un de ses clients. Quoi qu'il en soit, nous allions donc probablement bientôt passer à l'action. Pas tout de suite. Mais cela se dessinait. Pour l'instant, j'avais surtout joué avec l'idée. Pas envisagé qu'elle arrive vraiment. Quoique. Avec elle cela avait un côté tellement charmant qu'il aurait été idiot de s'en priver.

Régulièrement, donc, je revenais aux sentiments, à l'amour, sans lequel rien n'était possible – « Bien joué, me disait un type que j'avais recroisé, qui écrivait aussi, et à qui j'avais fait lire quelques passages, avec ça, tu leur touches le cœur ET la chatte ! »

Maintenant qu'il était patent que nous étions « en train d'écrire un roman », patent aussi pour L. qu'elle pouvait être comme elle était, avec des appétits sexuels conséquents, que je l'acceptais, les choses étaient plus fluides. Elle avait bien compris que j'appréciais qu'elle les gère de cette façon, en induisant dans la journée une charge érotique, qu'elle concrétisait la nuit, avec ces hommes qu'elle retrouvait dans le monde des songes. Elle voyait bien que je ne lui en tenais pas rigueur, que je ne la jugeais évidemment pas. Que je ne l'en aimais pas moins. Il était évident que nous avions des sentiments l'un pour l'autre, et aucune velléité d'être déloyal. Elle était pourtant un peu gênée de me raconter tout ça, ces fantasmes, comme le détail de ses aventures passées, et ses rêves, mais je crois qu'elle se faisait aussi à l'idée que cela m'excitait considérablement. Que finalement je n'en étais que plus désirant. Plus amoureux. Et que j'en appréciais chaque détail comme un bonbon délicieux, exactement comme j'aimais la lécher, comme j'aimais l'odeur de sa chatte, la puissance de ses orgasmes qui allait crescendo *et la faisait mouiller de plus en plus. Dès que j'y pensais, que je m'imaginais dans ses bras, le même feu me reprenait, j'avais envie d'elle, de la prendre, de la faire jouir.*

Et évidemment en reprécisant à quel point l'équivalence et le respect du désir de l'un et de l'autre allaient de soi.

L. adorait baiser. Adorait qu'on la baise. Et adorait que les hommes la désirent. Et moi j'adorais tout cela. Je n'aimais pas la pornographie. Chaque fois que je m'étais aventuré sur des sites, si quelques films amateurs avaient trouvé grâce à mes yeux, je n'étais pas sensible au manque de vie intrinsèque au média. De plus, la façon dont les vidéos étaient sous-titrées me révulsait. « La salope se fait bourrer le cul comme une grognasse pendant qu'elle se prend une éjac faciale » et autres débilités du même acabit avaient le don de me refroidir instantanément. Je n'avais jamais compris pourquoi une femme n'avait pas les mêmes droits au désir et à la jouissance qu'un homme. Cela me paraissait même un combat de fond. L., et les fantasmes qu'elle suscitait, les films qu'elle me provoquait, étaient tout le contraire de ces abominations. C'était de la pornographie, oui, indéniablement, la façon dont elle s'était fait baiser, ce qu'elle me racontait, elle hurlante dans un hôtel à côté de l'Élysée, l'évocation de ce lit à baldaquin où le jardinier d'une grande fortune française pour qui elle avait travaillé l'avait prise me rendait fou – il l'avait baisée tellement fort qu'elle m'en parlait encore avec un début d'émotion dans la voix, elle en rêvait encore parfois. Ou cette autre séquence, à Nantes, où, après qu'il l'eut fait boire, un collègue qui la draguait depuis des semaines l'avait léchée pendant très longtemps, la faisant jouir sans retenue. « C'est la première fois que je laissais un homme me faire quelque chose d'aussi intime. » Tout cela était une succession de films bien plus puissants que tous les sites pornos du monde.

Je n'avais pas besoin de me forcer. Les idées, comme les images, me venaient naturellement. Et c'était cool, dans ces moments-là, si l'on m'avait dit que j'étais vieux, j'aurais eu du mal à le croire. Je pense que j'en aurais ri.

10

Et pourtant la vieillesse continuait de rôder. Bien entendu je l'écartais, désinvolte, d'un revers de main, sourd aux invitations lascives qu'elle me distillait, postée sur le bord de la route comme une signalétique inconvenante, mais un coin de mon esprit restait en alerte, ne se laissait pas non plus berner par un aveuglement qui, un jour ou l'autre, serait, si je n'y prenais garde, contre-productif. J'avais toujours mal à la hanche, je n'avais pas rajeuni, et il s'en fallait de beaucoup que je sois devenu millionnaire. Je ne m'étais pas encore résolu à faire auprès de l'Académie Française mon coming out. Et si le roman porno d'amour me permettait de passer quelques bons moments, il n'avait pas encore inondé le monde de ses pages friponnes, ni généré les bénéfices qui allaient avec.

– Tu devrais peut-être quand même faire une étude avant.

– Pour quelle raison ?

– Ben un truc porno, aujourd'hui c'est déjà tangent, mais si en plus c'est écrit par un vieux, ça fait vieux porno, en termes de marketing, c'est pas franchement optimal.

C'était une remarque non dénuée de fondement. La preuve que les options, avec l'âge, se rétrécissaient ? Peut-être. Donc, lorsque je faisais mon bilan, ce à quoi je m'astreignais régulièrement, avec une honnêteté sans faille, le constat qui en ressortait ne plaidait pas en faveur d'une totale tranquillité d'esprit. Si je ne décidais rien pour ma hanche, j'allais me retrouver boiteux. Les tournages que je parvenais à décrocher tournaient au supplice. Et si ma vigueur amoureuse ne connaissait ni faiblesse ni décrue – c'était même l'inverse, un chant du cygne peut-être –, il n'en restait pas moins vrai que chaque matin me demandait un effort, ce qui n'avait jamais été le cas. La phrase de cet acteur – qui était d'ailleurs décédé il y a peu : « passé cinquante-cinq ans, les jours où vous n'avez mal nulle part, c'est que quelque chose ne va pas, ou que vous êtes mort » sonnait à mes oreilles comme un glas funeste. Jusqu'à présent, mon corps m'avait toujours porté, et là, force m'était de constater que c'était parfois l'inverse, c'est moi souvent qui était obligé de l'encourager : « Allez petit bonhomme, go, du nerf. On va y arriver. » À mettre un pied devant l'autre. À gérer les innombrables embûches que le monde moderne vous tendait, et qui pour le coup n'avaient rien à voir avec mon âge avancé, mais tous ces trucs où il fallait entrer un code – qu'on avait évidemment oublié –, parler à une voix enregistrée qui vous faisait poireauter un temps infini pour un problème de facture absurde, pendant que d'un autre côté on vous collait une prune sur le pare-brise de votre scooter, parce que vous aviez négligé une règle stupide, ou pas traversé dans les clous, tout cela accentuait encore cette sensation d'être prisonnier, oui, à la fois dans un corps et dans un carcan incompréhensible, qui se rigidifiait.

– Est-ce qu'on doit aller sur un terrain aussi sociétal ? se risqua mon éditrice. Le cœur de cible c'est la vieille-vieux aisé(e), pas le Gilet jaune en rupture de ban.

Pourtant, Gilets jaunes ou pas, cela ne s'arrêtait jamais, comme un mouvement perpétuel. À peine les factures réglées, la contravention payée, d'autres arrivaient, tombant du plafond, jaillissant des murs. Encore de l'argent, toujours de l'argent, alors que le texto « VOTRE COMPTE MÉRITE VOTRE ATTENTION » de la Société générale clignotait devant vos pupilles effarées, par la peur, oui, celle de trébucher, de ne pas y arriver. Jeune, avec ce corps qui vous entraînait dans la danse, on ne faisait pas attention à tout ça. À cette ronde infernale. On réglait les vicissitudes du quotidien les doigts dans le nez. On en riait. Un jeu. Une plaisanterie. C'est le souvenir que j'en avais. Et aussi que les choses choquantes me choquaient moins. Mais maintenant, toutes ces conneries qu'on était obligé de s'appuyer, toutes ces débilités atterrantes qu'on lisait dans les journaux, me provoquaient une fatigue physique. Alors que cela aurait dû être l'inverse. J'aurais dû en être détaché. Ne plus rien en avoir à faire. Ni du code oublié, ni des trucs à payer, ni de la débilité des nouvelles. À mon âge, on devait avoir lâché l'affaire. « Oui, tu vois, je suis vieux, certes, mais c'est aussi le moment de la sérénité, de l'apaisement, tu ne peux pas savoir comment je me sens en phase, aligné, si, vraiment. » Ce n'était pas mon cas. Je continuais à monter dans les tours pour un rien, à me prendre la tête sur des vétilles – ce qui me provoquait de la tension, angoisse des pauvres vieux. Du coup je ressentais avec encore plus d'acuité que, comme une mule éreintée, mon corps suivait moins. Avant de me reprendre. « C'est juste un coup de barre, une bonne nuit de sommeil, et ça ira mieux. » Et bon, bon an, mal an, si, cela fonctionnait quand même. C'était l'apanage des pré-vieux. J'avais des bas – je pensais que j'étais en train de devenir vieux – et des hauts – je n'y pensais plus, comme quand on a mal quelque part, et que cela passe sans qu'on s'en rende compte. C'est pour ça qu'en dépit des remarques peu amènes de quelques esprits chagrins, je persistais dans mon Porno d'Amour. Objectivement, cela me faisait du bien. Cela atténuait le SVF.

– Le sexe, c'est la vie, non ? Et quand on est en vie, on n'est pas mort, c'est de l'ordre de l'évidence.

Et la mort, c'est bien ce qui se dissimulait derrière la vieillesse. Finalement, j'avais décidé de me faire opérer. À peu près en même temps que j'avais adhéré à l'association Mourir Dans La Dignité – mais quel trip génial de vieillir, me disais-je, en prenant des notes pour mon journal, toutes ces petites péripéties, l'opération, l'inscription à l'euthanasie, c'est tellement chou, tellement… romanesque ? Cet organisme, MDLD, basé en

Suisse, se proposait de vous donner le petit bonbon qui réglait le problème de vos douleurs et autres pénibles dysfonctionnements une fois que le contrôle technique devenait irrémédiablement tangent. C'était une bonne initiative. Et ça m'avait rassuré. Au cas où ce serait la fin des haricots, je pouvais décider d'un clic rien de moins que de disparaître.

– C'est un acte militant d'ailleurs, tu sais. Si tout le monde prenait son adhésion, il y aurait moins de vieux, ça réglerait plein de problèmes.

Cela pouvait sembler scabreux, morbide, macabre, mais en fait non. En fait, pas du tout. De savoir que j'avais la main sur ma propre fin était une liberté formidable. La garantie de mon intégrité. Je suis un guerrier, ah, ah ! Je me ris de la vieillesse et je tirerai ma révérence dignement. La tête haute. « Dans la dignité. » Voilà. J'étais digne. Et fier de l'être. Ça me coûtait le prix de la cotisation. Vingt-quatre euros par an. C'était OK pour mon budget de vieux-riche (mais-en-vrai-pauvre). Cela simplifiait tout. L'angoisse de cette fin piteuse qui nous pendait au nez. Une déclaration sans équivoque d'une absolue maîtrise – c'était ça, oui, une maîtrise –, d'une prise en main définitive de son destin. Quand j'avais adhéré, j'en avais eu le souffle coupé par l'émotion. Une expérience existentielle et philosophique forte. Bien sûr, ma décision était encore trop récente pour que j'aie l'idée précise de la mise en scène qui accompagnerait le gobage du petit bonbon – d'ailleurs je ne savais pas très bien si c'était un petit bonbon, une boisson, une piqûre, ou peut-être un gaz (inodore, ou parfumé, mais tellement soft, tellement dans une douceur de mourir qu'on s'en apercevait à peine), mais en tout cas il y avait cette certitude de ne pas être le jouet de ce destin atterrant, finir comme un fruit pourri dans un saladier empestant la cantine et le désinfectant, au milieu d'autres fruits pourris, dans la négation même de ce qui avait rendu le voyage si charmant : un bon riff de guitare, et la vie à trois cents à l'heure.

Pour l'instant, de toute façon, je n'en étais pas là. Il y avait encore de la marge jusqu'au petit bonbon. J'étais content d'avoir pris la décision de me faire opérer, parce que cette douleur à la hanche commençait à me miner le moral, à me faire croire que j'étais bel et bien vieux, ce qui était un mensonge, une construction mentale, je le savais. J'avais donc affûté ma stratégie. En tant que vieux pauvre mais un peu riche quand même, j'avais regardé où se faisaient opérer les vieux vrais riches. Et pour cela je m'étais procuré le numéro du *Point* qui, chaque année, dressait une liste précise avec une notation des établissements où l'on pouvait aller se faire torturer (et repasser d'un bon billet) en toute sécurité. Celui qui ressortait était numéro un, année après année. Doctolib me signalait une possibilité le lendemain.

Je pris cela comme une invitation du destin. L'examen fut sans appel. Il dura moins d'une demi-seconde. Une fois allongé, le spécialiste me fit écarter la jambe incriminée. Le rictus que ce léger mouvement provoqua signifiait que oui, je devais sans hésitation me faire opérer. Il n'y avait pas de plan B, et de toute façon je ne posai pas la question, je les avais déjà tous essayés, et mon appétence pour la magie des rebouteux avait fini par s'émousser.

– Wouah, quel courage ! Tu as décidé de… te faire opérer ?

Bien sûr, cher lecteur, je sais que bon nombre d'entre vous ont déjà vécu, vous ou vos proches, ce genre d'expérience. Les rendez-vous avec l'anesthésiste. Les prises de sang préalables. Le devis envoyé à la mutuelle. Toutes ces choses qui, comme dans une pièce de théâtre épouvantable, vous permettent de mieux vous mettre dans l'ambiance. La majorité des gens le vivent de façon gênante, mais comme quelque chose somme toute qui fait partie de l'existence et qu'il faut accepter. Ce n'était malheureusement pas mon cas. Or, n'importe quel scénariste vous le dira, la charge émotionnelle d'une séquence tient non pas dans la débauche d'effets spéciaux ou les cascades de voitures, mais dans le ratio entre la sensibilité du personnage, l'empathie que vous avez pour lui, et les événements auxquels il est confronté. J'avais une très grande empathie pour moi-même, et mon degré de sensibilité se situait dans la zone rouge du spectre de la super chochotte. Quant aux événements auxquels j'étais confronté, en tant que personnage, pas besoin de vous faire un dessin, j'étais dans le bord extrême, selon mes critères, de l'horreur.

Comment ai-je réussi à tenir le cap ? À me dire, allez quoi, tu n'es pas le premier à vivre ce petit désagrément, respire un bon coup, demain ça ira mieux. Je n'en sais trop rien. Dieu merci, la clinique était vraiment au top. Le médecin était sympa et intelligent. L'anesthésiste aussi. Ça ne sentait ni la cantine, ni le désinfectant. Cela d'abord me rassura. Mais j'eus quand même droit à un gag, car selon les protocoles en vigueur, il fallait une attestation d'un dentiste certifiant que je n'avais pas d'infection – qui sinon pouvait se répandre pendant l'opération et tout fiche en l'air (j'imaginais une putréfaction instantanée de mes cellules, une liqueur mauvaise jaillissant de mes racines dentaires et contaminant mon organisme, comme une attaque bactériologique lancée depuis des bases secrètes démoniaques). Or, le dentiste que je consultai pour obtenir le sésame nécessaire au dépeçage d'une partie de mon corps fut formel. Il y avait effectivement des traces d'infection sous certaines de mes dents, et il ne prendrait pas la responsabilité de signer le document sans avoir au préalable effectué les soins.

– Qui consistent en quoi exactement ?
– L'arrachage des parties problématiques, le curetage des foyers infectieux, et le remplacement par des prothèses des dents enlevées.
– …

Je me suis demandé si entrer dans la vieillesse n'était pas quelque chose d'enfantin finalement. Comme de glisser sur un toboggan où vous n'auriez nulle prise.

– Et en termes de calendrier ?
– Pour l'intégralité des soins, il faut compter entre six et huit mois.
– Et pour le coût ?
– Je vais vous sortir le devis.

Le devis s'élevait à presque vingt mille euros. La mutuelle en prenait en charge une très faible partie. De plus, le temps nécessaire pour remplacer ma dentition d'origine par une fausse allait transformer ce qui était déjà une épreuve en un véritable enfer des nerfs. À l'aspect démentiellement épouvantable de l'affaire s'ajouterait le supplice chinois de l'écoulement morbide du temps, ce qui m'avait toujours paru odieux. Je n'aimais pas attendre. S'il fallait affronter une chose désagréable, ou gênante, autant ne pas tergiverser, et s'en débarrasser au plus vite. L'idée de me faire prothéser la hanche était à la limite de ma capacité d'adaptabilité, alors attendre de se faire prothéser en se faisant arracher les dents une par une, en regardant par la même occasion mon compte en banque déjà souffreteux agoniser définitivement, me sembla tout bonnement la fin.

Cela peut sembler anecdotique, mais en fait pas tant que ça. Comme je vous l'ai annoncé, ce journal intime d'un pauvre vieux, en plus de l'ambition affichée de devenir un best-seller, s'inscrivait dans une perspective vertueuse, celle de partager une expérience et donc un enseignement, et ainsi d'adoucir le sort de mes compagnes et compagnons d'infortune, confrontés comme moi à l'incertitude de la condition senior. Voilà donc ce qui se passa et comment je réussis, grâce à une force de caractère peu commune, à me rebeller *in extremis* contre une injonction médicale erronée, et ainsi éviter la torture et l'ablation quasi totale de ma dentition. Car, coup de bol, me plier aux règles n'allait pas de soi pour moi (j'étais un vieux têtu). D'abord parce que je trouvais ça normal de les comprendre avant de les appliquer, sinon c'était la porte ouverte à n'importe quoi – le concept de « pleine conscience citoyenne » était parvenu jusqu'à moi. Ensuite parce que la confiance dans l'élite qui la plupart du temps en était à l'origine était émoussée. Et enfin parce qu'elles étaient souvent le fruit d'une moyenne lambda assez conne, régie depuis peu par l'option *risque zéro* (et surtout pas de procès), et donc un nivellement par le milieu. Qu'en était-il du « risque dents » pour une opération de la hanche ? Bien entendu, je n'avais pas envie de me putréfier le lendemain de mon opération pour cause d'un stigmate de caries qui se serait inopinément réveillé. Mais cela me paraissait tout aussi impossible de me précipiter dans ce qui pouvait être un piège grossier. Cependant, j'étais au bord de le faire. Dans ce genre de contexte, on est forcément désemparé. Pauvre vieux. Perdu dans la jungle de l'hôpital et des injonctions thérapeutiques peut-être proférées par des fous. Mais allez savoir ? Et s'ils avaient raison ? J'avais appelé d'autres dentistes, ils m'avaient fait la même réponse. Pas question de signer le papier sans la certitude que la moindre trace d'infection, même très ancienne, même aussi dormante qu'un volcan d'Auvergne, ne soit éradiquée.

La nuit suivante, je ne pus trouver le sommeil – j'ai toujours adoré ce genre de phrase, elle me rappelle la littérature d'aventures que je lisais enfant, « l'esprit agité, il ne put trouver le sommeil ». Donc l'esprit agité, dans le stress et l'angoisse, je pesais le pour et le contre. Boiteux, de toutes les façons, j'étais cuit. Valide et sans dents, un peu moins. Ce passage est important, ô futurs vieilles et vieux qui allez me lire, car c'est là, dans ces moments charnières, que le discernement que normalement nous avons passé notre existence à accumuler doit se déployer. Finalement, j'optai pour la révolte. Non, pas question de me faire édenter ! Cela peut sembler anodin, mais figurez-vous que c'est ce genre de geste, fier, guerrier, empreint de tout mon libre arbitre, qui me sauva (et qui peut-être vous sauvera demain, ô vieilles et vieux à qui l'on proposera des solutions dénuées de toute raison, mais baignant dans les brumes du cauchemar). Si j'avais obtempéré, j'étais parti pour le pire. Et je n'avais guère le choix, car le protocole précisait formellement que je ne devais revenir à la clinique qu'avec mon certificat dûment tamponné par le dentiste. Ce qui aurait validé le rendez-vous suivant avec l'anesthésiste. Mais, dans un sursaut de bon sens, je résistai, vaillant petit pépère, affolé par la tournure que prenaient les événements. J'essayais toujours de prendre les choses à la blague : « La vie, un vaste théâtre, non ? » « Oui, bien sûr, à fond ! », mais là il était question de se faire torturer en vrai.

Heureusement le dieu des pauvres-vieux-mais-un-peu-riches-quand-même me sauva, car le chirurgien n'était pas pour rien classé numéro un par *Le Point*. Il était une vraie personne, et point un robot appliquant un principe de précaution jusqu'à l'extrémité sidérante de la bêtise. Quand je lui racontai mes rendez-vous chez les dentistes, il écarquilla les yeux de surprise.

– Comment ça, vous enlever les dents ? Pour quoi faire ?
– Je ne sais pas. Pour éviter une infection ?

Il haussa les épaules, décontenancé lui aussi, je suppose, par la stupidité ambiante.

– Le but n'est pas de vous édenter, mais de vous réparer votre hanche. Et vingt mille balles, putain, ils n'y vont pas avec le dos de la cuillère.

Je crois qu'effectivement à cet instant je retrouvai la foi, au moins dans *Le Point*, dans son classement, et dans le fait qu'avoir un minimum de pèze – oh, pas grand-chose, juste de quoi aller dans une bonne clinique – pouvait changer votre destin aussi sûrement qu'une visite à Lourdes. Le reste fut à l'avenant, au mieux que l'on pouvait lorsqu'il s'agissait d'opérer quelqu'un. Le cardiologue était fan de polars et avait fréquenté les même clubs échangistes que moi lorsqu'il était lui aussi jeune et fringant. L'anesthésiste aimait l'opéra, et avant de me plonger dans les limbes, me mit de la musique sur son ordi. Je déclinai Verdi et demandai les Stones. Je sombrai au son de *Paint It*

Black. Cela me rendit, j'en suis sûr, l'opération plus facile. Six semaines plus tard, non seulement je remarchais normalement, mais je n'étais plus du tout vieux. Il s'agissait à l'évidence d'une fausse alerte.

SAISON 2

RÉAGIR !

11

Cet épisode fut déterminant. J'en savourai la leçon, épaté par la précision du destin.

– Non, fausse alerte. J'ai cru que j'étais vieux, mais c'était une erreur dans les tests. J'étais un faux positif.

J'avais agencé de toutes pièces ce livre autour de cette idée forte, m'amusant à imaginer qu'il puisse vibrer d'un chant prophétique à destination de mes camarades les senior(e)s, et patatras, la réalité me rattrapait. Comment ne pas voir que cette immersion, cette incursion que j'avais faite sans aucune retenue dans le monde de la vieillesse (alors que finalement c'était juste ma hanche, une pièce détachée, rien de plus) validait l'authenticité de mon engagement ? Qui mieux qu'un faux-vieux-mais-qui-a-vraiment-été-vieux pouvait parler à d'autres vieux ? Cela me semblait aller de soi. Et n'ayons pas peur de mettre les pieds dans le plat, la notion même de messianisme sautait aux yeux. J'ÉTAIS REVENU D'ENTRE LES VIEUX.

Cela, bien entendu, m'apaisa, mais même si l'horreur-vieillesse avait pour quelques instants relâché sa funeste étreinte, je savais – et je ne parle pas d'une remontée de SVF, mais bien d'une réalité tangible – qu'il n'allait pas me falloir attendre longtemps pour en sentir de nouveau le souffle fétide. Les loups étaient à ma porte, et un nouveau calcul de ma retraite – qui, d'une façon presque miraculeuse, s'affichait facilement grâce à FranceConnect – me poussait malheureusement à envisager le pire. Dans l'hypothèse où je ne serais pas retenu à l'Académie Française, mes options de survie paraissaient toujours aussi minces.

C'est ainsi, après avoir longuement pesé le pour et le contre, que je réactivai mon projet de religion-start-up. Ce projet me paraissait cohérent. La baseline était là, limpide, clignotant de bon sens.

« REVENU D'ENTRE LES VIEUX, JE VOUS AI COMPRIS, Ô MES SŒURS ET MES FRÈRES DANS LA CROÛTONNERIE ! »

Tous les signaux passaient au vert. On parlait des vieux partout. J'étais de nouveau sur le pont. Ma licorne allait tout décoiffer. Pourquoi ? Parce qu'elle serait d'utilité publique, elle aurait une RAISON D'ÊTRE. Elle serait dans l'INCLUSION (l'inclusion des vieux, qu'on allait dépoussiérer, rendre moins vieux). Je me passais le film au ralenti, en accéléré. Même si, malgré cet enthousiasme, je savais en mon for intérieur, que comme un certain nombre d'entreprises que j'avais envisagées, par exemple l'importation de fromage Koukoulou (c'était le nom du fromage) depuis les Pyrénées – où j'aimais m'adonner à la randonnée – que j'aurais transformé en sandwichs et, qu'associé avec des amis roumains, j'aurais commercialisé à la sortie des matchs de foot et des concerts, ou encore MAISON CLAFOUTIS, une fabrique de clafoutis confectionnés avec des cerises congelées importées de Chine, cela resterait probablement de l'ordre du romanesque.

– Ah bon, c'est juste des mythos alors ?
– Pas exactement, mais pour faire un roman, il faut un peu de mytho.
– Je croyais que c'était justement un journal intime.
– Oui, mais avec une dose d'interaction imaginaire/réalité. Et puis je suis déjà moins vieux depuis que j'ai commencé à écrire, pourquoi ne vivrais-je pas une success-story ?

Une success-story que j'écrirais et qui deviendrait vraie, et comme elle serait vraie, je pourrais la raconter.

Et j'aimais imaginer ce genre d'histoires. Cela me délassait. Des success-stories, où un double de moi-même se mettait en scène, devenait très riche (comme de penser que je trouvais une valise avec plein d'argent – ou de la cocaïne, la cocaïne était une variante, j'en trouvais des ballots échoués sur une plage de l'Atlantique). C'était amusant et surtout décontractant, riche, oui, moi aussi à en crever, ah ah ! Mais justement – ou malheureusement – j'aimais trop écrire, concevoir de belles histoires, pour me lancer, « en vrai », dans l'aventure entrepreneuriale (cela devait toujours obéir effectivement à ce truc un peu moral, trop loin de mon postulat existentiel, n'avoir que le flouze comme horizon, ouh la la, que cela paraissait piteux).

J'en étais cependant à soupeser l'intérêt de creuser plus avant cette piste, à faire fi de mes scrupules et de mes pudeurs, quand, prenant comme toujours conseil auprès de mon éditrice, celle-ci, prudente, m'incita à commencer par finir le livre. « Si tu veux impulser quelque chose de fort, une nouvelle religion par exemple, ou une multinationale des vieux, il te faut d'abord une bible, un socle structuré, sinon ça ne marchera pas. Et puis essaye d'aller au bout des choses. Entre l'Académie Française et le Roman Porno, on risque d'être un peu perdu. Sans compter que le Roman Porno, avec la Religion, cela ne va peut-être pas matcher. Ça risque de faire secte de lubriques. »

– Secte de lubriques, tu crois ?

Cependant, sa remarque sur la pertinence d'écrire un récit fort était frappée de bon sens. Jésus était revenu d'entre les morts. Ensuite, on avait écrit Ses Évangiles. L'Église n'était venue qu'après. J'étais revenu d'entre les vieux. J'écrivais le livre, qui devenait un best-seller. Et ensuite seulement je déployais la start-up.

– Tu as raison. Cela me paraît un déroulement cohérent, d'autant que ce sera aussi un test.
– De quelle façon ?
– Si vraiment mon livre est un Évangile, alors je devrais avoir des signes !

Eh bien… au risque de contrarier les moqueurs, ce fut le cas. L'univers se manifesta à moi, avec une pertinence qui se passait de commentaires. Preuve, si besoin en était, que la synchronicité chère à Gustav Jung n'était pas une vue de l'esprit. Inopinément, je reçus une invitation à un séminaire sur la Silver Economy, organisé par *Les Échos*, ou en tout cas dont *Les Échos* étaient partie prenante, car il y avait leur logo dans le corps du mail.

La Silver E (E comme Economy) était une extension de mon sujet, même quasiment le cœur sonnant et trébuchant du sujet – qu'allait-on faire de tous ces vieux, de moi, de vous, de nous ? Comment allait-on leur pressurer le citron pour en faire jaillir de la caillasse fraîche et réussir à les intégrer dans la Machine ? Je m'inscrivis au raout, avec dans l'idée bien sûr de mieux comprendre à quelle sauce nous allions être mangés, mais aussi – pourquoi pas ? – voir si je ne pouvais pas tirer mon épingle du jeu. Une fois dans l'ambiance, rien n'interdisait de pouvoir peut-être concrétiser mon rêve de star-tup. Lever des fonds. M'associer avec un vrai entrepreneur. Basculer dans un autre monde. Moi aussi un article dans *Les Échos*, mon portrait dans *Challenges* – ce qui aurait été d'un exotisme torride. ÉCRIVAIN CONNU POUR ATYPISME INTÉGRITÉ PERCHÉ DEVIENT PICSOU DANS GRAND CAPITAL LICORNE CAC 40. Vieux, oui, mais vieux toujours plein d'allant, innovant, start-upeur, pionnier de la Nouvelle Vieillesse – et enfin les poches pleines. C'était tellement galvanisant, que j'en oubliais mon SVF.

– Tu te verrais vraiment dans *Challenges* ?

– Pourquoi pas ?

– Ben, je ne sais pas, par apport à l'image qu'on a d'un artiste, d'un écrivain.

– Justement, ce serait comme une performance, un geste d'art contempo. Presque de la poésie. Et puis, pense à Balzac. C'est grâce à lui qu'on a inventé le droit d'auteur. Il était comme moi, obsédé par la tune, pas parce qu'il voulait être riche, mais parce qu'il savait sa condition précaire.

C'est ainsi que je me retrouvai en route, un beau matin, pour un château de la vallée de Chevreuse. Le soleil brillait, les oiseaux chantaient, et comme toujours lorsque je me rapprochais de la nature, la sensation de vieillir, d'être bientôt périmé, me parut moins prégnante, plus accordée à l'ordre des choses, et donc plus acceptable. C'est d'une humeur sereine que je rejoignis le petit groupe de managers éclairés qui s'apprêtait à lancer de nouveaux concepts en direction des senior(e)s, me disant qu'entre ce bio-apaisement que je ressentais, plus, potentiellement, mon portrait dans un magazine économique, le Temps du Croûton n'était pas encore venu.

– L'idée, c'est qu'on soit dans du brainstorm informel. On est face à un raz-de-marée qui est sous-évalué. Comme toujours, ceux qui auront anticipé tireront les marrons du feu.

Le type qui organisait le raout inspirait le dynamisme et la joie d'entreprendre, avec un look entre Xavier Niel et Jacques-Antoine Granjon, donc du capitaliste rock, bouillonnant, malin, énergique, agile, disruptif, et… efficace. Une impulsion saine d'avoir envie de croquer à pleine-dents dans de l'euro, du profit, du dollar. Ces brainstormings informels faisaient partie de sa manière de penser, F.A. (pour François-Alexis) le rappela brièvement, en agrégeant des « talents », des « profils », venus de tous les horizons, et c'est pourquoi étaient réunis, en plus d'entrepreneurs innovants, de journalistes économiques – dont un des *Échos*, et un autre de *Challenges* –, une… voyante, et – regard tourné vers moi – un écrivain-scénariste. Une déclaration que j'avais faite récemment, au détour d'une interview, annonçant ce projet formidable de journal intime d'un pauvre vieux, avait attiré l'attention de son assistante, et c'est pour cette raison – qui expliquait mieux l'effet de synchronicité magique que j'avais soupçonné – que F.A. m'avait mis sur la liste des convives.

– Je vous propose que l'on commence par une petite plongée dans ce que le futur pourrait nous proposer.

Le « brain » démarra très fort, car la voyante nous emporta littéralement dans une séance, qui, ma foi, n'aurait pas déparé en ouverture d'une série Netflix. Nous nous prîmes les mains, en cercle, pour créer un vortex psychique – j'étais à fond –, pour que notre médium, qui s'appelait Pélagie – elle était africaine, avec un look des plus crédibles – puisse mieux faire résonner nos esprits avec les strates du futur. Elle précisa qu'elle voyait des « possibles », et non des certitudes, mais F.A.

renchérit en disant que c'était justement sur des possibles qu'il fallait raisonner, que cela ouvrait des champs de réflexion sur lesquels une prospective intelligente – moi ? les scénaristes économiques ? – pouvait rebondir.

– Je vois d'abord un événement imprévu, une maladie, une pandémie.

Ce qui *a posteriori* était assez bluffant, car à ce moment nous étions juste avant les « événements imprévus » qui allaient recouvrir la planète d'une cascade de conséquences pour le moins inquiétantes, mais rien n'indiquait que les masques allaient devenir pour un bon moment l'élément incontournable de notre panoplie vestimentaire, affectant gravement le chiffre d'affaires des marques de rouges à lèvres et notre capacité à manifester d'un sourire à autrui notre joie de vivre.

– Cette maladie ne sera pas très grave, sauf pour les personnes âgées, ce qui poussera les gouvernements du monde entier à prendre des mesures drastiques, afin de les protéger.

La manière dont Pélagie parlait, sans affectation, alors qu'elle aurait pu faire un numéro de Madame Irma, mais en distillant quelque chose de particulier, une ambiance, un ton solennel, donnait à son énoncé un caractère de véracité auquel il était difficile de ne pas adhérer.

– Mais devant les lourdes conséquences de ces mesures, des voix s'élèveront, de plus en plus nombreuses, pour critiquer des précautions qui sécurisent ceux qui ont déjà vécu, au détriment de ceux qui ont la vie devant eux. Cela créera une première faille dans la nécessité de préserver les personnes âgées.

– Tu veux dire que les vieux seront assimilés à un poids ?

– Oui. Ce qui allait de soi, choyer ses parents et ses grands-parents, les assister, ne sera plus la norme.

– Donc un changement de paradigme ?

– Oui, mais il ne viendra pas tout de suite. Cela mettra du temps. Et il y aura des différences de statuts. On devra passer un « permis de vieux », comme un contrôle technique, où la société s'assurera que vous êtes encore productif, que vous pouvez vous assumer, que vous créez encore de la valeur.

– Et sinon ?

– Des process d'euthanasie seront mis en place de façon obligatoire.

– Personne ne se rebellera ?

– Si, mais sans succès. Il y aura aussi des dérives. Des battues organisées, comme les battues que font les chasseurs, pour traquer les animaux nuisibles, afin de débusquer les vieux qui se cacheront. Des jeunes qui s'amuseront à « casser du vieux ».

– Et tout cela selon quel calendrier ?

– C'est impossible à dire. Cela dépendra de la tension globale. En temps de prospérité, ce genre de choses n'est pas d'à-propos. En temps de crise, le pire peut devenir une réalité.

L'avantage, avec ce type de propositions, indexées sur ce qui était, même si Pélagie semblait à l'aise dans le job, des propositions émargeant de l'irrationnel, était que l'on n'était pas forcé d'y croire. Cependant, après une entrée en matière aussi… aussi évocatrice – je me voyais déjà coursé par de jeunes salopards, prêts à entamer une partie de flipper avec mon pauvre corps vieillissant –, il était salutaire de remettre notre Think Tank sur des rails économiquement plus attrayants. À moins qu'il ne soit question d'investir dans le sérum létal pour vieux n'ayant pas obtenu assez de points à la visite de contrôle. Mais non, F.A. nous rassura sur ce point, cette plongée sans filtre dans un futur stressant n'avait d'autre intérêt que de nous permettre de rebondir plus positivement encore.

– Car la vision que Pélagie vient de partager avec nous est certes flippante. Mais l'est-elle plus que ce que nous pouvons découvrir dans n'importe quel EHPAD aujourd'hui ? Je n'en suis pas sûr. La situation des personnes âgées est consternante, dramatique, digne d'un signalement pour atteinte aux Droits de l'Humain. Si nous sommes réunis ici, c'est pour penser la vieillesse différemment. Il est probable que des scènes terrifiantes, comme celles évoquées par Pélagie surviendront, sous une forme ou sous une autre, mais elle l'a dit, il s'agit de possibles, pas de certitudes, le continuum spatio-temporel dans lequel nous évoluons est dynamique, mouvant, malléable. Il ne tient qu'à nous de proposer d'autres choses, plus fun, plus joyeuses, plus plaisantes.

C'était un bon postulat, tout le monde en convint – et, j'en fus rassuré, un postulat animé de ce léger souffle d'espoir qui devait traverser mon journal intime. Il donna le signal d'un tour de table constructif, où chacun fit jaillir de son chapeau de judicieuses propals, portées par cette baseline : *Comment faire de la vieillesse le meilleur âge de la vie – tout en s'en mettant plein les fouilles au passage ?* C'était prenant. J'avais le sentiment de participer à une réunion à la fois pétrie de gravité et d'intelligence. Les entrepreneurs – ses – qui composaient notre assemblée donnaient l'impression d'être dépositaires d'un savoir, d'un pouvoir, les apparentant certainement aux Maîtres du Monde. Mais aussi dans une ambiance légère, comme si tout cela, créer des start-up, gagner de l'argent, influer sur le monde et la société, n'était finalement qu'un jeu, un divertissement, selon des règles qui paraissaient évidentes pour tous – sauf peut-être pour la voyante –, où le but était de s'enrichir, mais sans que l'on puisse y déceler une once de malice. C'était d'ailleurs énoncé sans le moindre complexe – mais, bon Dieu, pourquoi moi en tant qu'artiste pauvre en étais-je empreint ? Avais-je un problème, avais-je loupé le coche sur un point crucial ?

– Clairement, qu'on le veuille ou non, il y aura des vieux de classe A, B, C.

Chacun avançait ses jetons comme dans une partie de poker, parlant retour sur investissement, bizness plan, discours marketing – le b.a.-ba du monde d'aujourd'hui –, et ce qui aurait dû me mettre mal à l'aise, heurter mon sens moral, avait là au contraire quelque chose d'entraînant, du fait de ce qu'impulsait F.A., une tonalité enthousiasmante. « On va révolutionner les mouroirs, faire kiffer les seniors. » Tellement que je finis par me prendre de plus en plus au jeu, me plaisant à penser que finalement c'était la bonne façon de me plonger dans ce nouveau monde, celui où j'allais devenir Vieux, en commençant *en vrai* une nouvelle aventure, digne d'un aspirant capitaliste, épris de disruption et de chiffre d'affaires, et qui plus est, que cela apportait au moulin de mon projet romanesque une eau vivifiante et novatrice. Le doux parfum des Chiffres prenant le pas sur celui des Lettres, encore que pas complètement, car il y avait un Récit qui était en train de naître, et ce Récit dansait avec les Chiffres, se composait sous sa gentille et douce mélodie, et après tout n'était-ce pas le cas de tous les scénarios, de la vie elle-même ? N'étions-nous pas régis en permanence par une complexité de paramètres qui pouvaient se quantifier, se chiffrer ? Je ne pus explorer plus avant le vaste espace que m'ouvraient ces réflexions profondes, car l'intensité du débat recaptait toute mon attention.

– La question est de savoir quelle est notre cible. Le vieux pauvre, ou le vieux riche ?

– *A priori*, plutôt le riche, non ?

– Pas forcément, les pauvres, c'est ce qui a fait la fortune du discount.

– Oui, mais le haut de gamme ne se dévalue jamais.

– Je pencherais plutôt pour la strate du milieu. Le riche n'a pas besoin de nous, et le pauvre, et c'est bien entendu regrettable, mais c'est malheureusement son karma, est limité financièrement.

– Tandis que le vieux middle sera friand de propals et aura les moyens de les acquérir.

C'était de plus en plus tripant. Je pensai qu'il était temps de faire fi de mon snobisme idiot du poète intellectuel envers le marchand.

– La question c'est de déterminer le panier moyen sur lequel on peut compter.

– Je dirais dans les 2 500 euros.

– Tant que ça ?

– Pour un couple middle, c'est jouable.

– Tout dépend de ce qu'on offre.

– Le plus premium qu'ils attendent de leur vieillesse.

– Vieillir Plus Premium, c'est pas mal comme concept.

– Oui, plus tu vieillis, plus c'est +.

– J'achète, ah, ah !

– Deal, oh, oh !

Moi aussi j'achetais. J'avais l'impression d'être dans une BD. *Les Cigares de la start-up. Vol 2022 pour le trésor des croûtons de la Licorne*. Qui aurait connu Internet et les réseaux. Cela pouvait me faire un super roman. Avec au bout – une fois la richesse venue, quand j'aurais vendu mes parts dans la Licorne (quel nom, mon Dieu, quel sens du mythologique !) – le loisir, enfin, d'écrire un livre énorme. Un livre qui tuerait vraiment. La quintessence de tout ce que j'avais envie de raconter, hyper structuré, mais avec des digressions, des phrases longues, plusieurs pages parfois, un truc qui partirait dans tous les sens, mais qui resterait néanmoins sur une ligne juste, qui rendrait compte du monde à ce moment de la civilisation. Un feu d'artifice, un concert de ouf, une rave insensée, avec de la poésie et des couleurs, à n'en plus finir, et des aventures, des aventures, évidemment, sur plusieurs dimensions, dans d'autres zones de l'être mais dans cette réalité aussi. Bref, de quoi m'occuper jusqu'à la fin, un truc génial, mais qui serait, je le craignais, commercialement peu viable – d'où la start-up. Cette justification, cohérente, de ma compromission avec le Grand Capital, acheva d'apaiser mon débat intérieur.

– C'est clair de toute façon que tu n'es pas le premier. Tu as raison, Balzac, ou Sand, ont passé leur temps à courir après l'argent.

Pour faire aboutir ma Grande Œuvre, il fallait que je puisse respirer financièrement, point. Cela ne souffrait pas de discussion. Bien sûr l'Académie Française, ou le Roman Porno, étaient des bonnes idées, mais sujettes à des incertitudes (je n'allais pas demander l'aumône en habit vert) ou des aléas (rien ne disait que le Roman Porno d'Amour casse d'entrée la baraque). Tandis que les vieux… c'était du velours. Un gisement. L'or gris. N'importe qui d'un peu affûté pouvait tirer son épingle. Car les vieux étaient les seuls qui auraient, quoi qu'il se passe, de la caillasse fraîche, et du temps pour la dépenser, tout en étant mine de rien aux abois, le ventre crispé au fond d'eux par cette donnée que comme moi ils étaient bien obligés d'intégrer : c'était bientôt le bout de la route, les amis ! Et ça, même si on le refoulait, c'était flippant. Tous ceux donc qui pouvaient proposer des dérivatifs à ce cauchemar latent étaient les bienvenus (et seraient pour sûr les rois de la fête). J'écoutai donc attentivement la suite du Think Tank, y trouvant matière à un nouvel élan, à l'espoir du remède définitif qui me préserverait du SVF.

12

J'étais plongé dans cette effervescence un peu folle consistant à imaginer des « propals de ouf » pour les vieilles et les vieux quand la fin du monde survint, coupant court à mes velléités entrepreneuriales, au Roman Porno, à l'Académie. Elle survint dans un enchaînement assez simple de faits, plutôt anodins, auxquels nous étions habitués. Les nouvelles n'étaient ni moins bonnes, ni meilleures qu'à l'accoutumée, nous étions encore dans l'hiver, pas encore dans le printemps, et les bruits couraient qu'une épidémie était en train de sévir en Chine. Mais des turbulences de ce genre, il y en avait constamment, et habituellement cela n'affectait ni le 6e arrondissement, ni le 9e, ni la place de la Concorde, ni le métro Barbès, ni les départements qui les entouraient. Des drames, des guerres et des épidémies, il y en avait toujours partout, mais dans le fond, on s'en foutait, car c'était lointain. On avait déjà suffisamment à se dépatouiller avec les tracas du quotidien, les grèves ou les embarras divers dont la vie urbaine n'était pas avare, pour se préoccuper des endroits où l'on passait de vie à trépas de façon moins courtoise que chez nous. Là, ce fut aussi simple et fulgurant qu'une balayette. Cela arriva quasiment au ralenti. Un jour, tout était à peu près normal, et le lendemain une main invisible avait arrêté non seulement nous, mais aussi les autres. Nous venions d'entrer dans une possibilité qui avait été de nombreuses fois évoquée, vue dans les films, dans les livres, sans toutefois qu'on la prenne au sérieux : celle assez déconcertante de… la fin du monde. Le Covid-19 déferla sur la planète. J'avoue ne pas avoir très bien réagi. Était-ce d'être privé d'un coup de mes prérogatives de plaintif ? De devoir reléguer pour l'instant mes problématiques égotistes de vieux, qui m'occupaient depuis un moment ? Un mur venait non pas de se dresser, mais de s'affaisser, nous laissant incrédules et désemparés. Ce n'était pas tant l'épidémie, ni les morts – tout le monde avait bien conscience qu'ils étaient numériquement (enfin du moment que l'on n'avait pas un proche pris dans le filet) peu signifiants à l'échelle de bien d'autres paramètres –, mais le fait de réaliser que « ça pouvait arriver » qui était épouvantablement anxiogène. J'étais un boomer. Je n'avais pas connu la guerre. J'étais né à côté d'un électrophone, avec des yé-yé et le *Journal de Tintin*. J'avais vu le premier pas sur la lune sur une télé noir et blanc, Pimprenelle et Nicolas, les Beatles. Jusqu'à présent, un long tunnel d'essors, de progrès et de paix, nous avait, nous les Blancs caucasiens, accompagnés de son souffle rassurant. Mais là, non. OK, boomer, fini de rire. La vraie vie reprend ses droits. Tout, et le pire, était, en vingt-quatre heures, devenu envisageable. Une banale épidémie, assortie d'une psychose mondiale, venant épouser les terreurs refoulées d'une fin de l'espèce programmée, qui se répandrait brusquement dans tous les rouages de la civilisation, créant tellement de dommages collatéraux que ce serait bel et bien... la fin des haricots!

Le premier confinement (qu'on appela ensuite le Grand Confinement) nous tomba dessus à l'improviste.

Quelques jours après le début de l'enfermement, qui fut, par la population sidérée, respecté à la lettre, j'écrivais un petit texte, puis un autre, pour *Télérama*.

On se dit que ce serait un bon sujet, quelque chose d'intense, où pourrait se déployer un chant magnifique, terrible. Une situation extrême (et combien de fois l'avait-on lu, l'avait-on vu, fin du monde, apocalypse, le chaos, la guerre, les extraterrestres, l'atome, les raz-de-marée, l'épidémie, un cataclysme qu'on n'avait même pas imaginé, une mystérieuse météorite) qui était si inspirante, si stimulante, qu'elle ne pouvait accoucher que d'un chef-d'œuvre. Mais lorsqu'on y était confronté, c'était juste flippant et bête. Des considérations absurdes, des choix paraissant aussi cornéliens qu'insignifiants, et surtout un mélange d'inquiétudes, d'angoisses et de stupeur. « La fin du monde? C'est une blague? » Peut-être. Peut-être pas. En tout cas on pouvait y penser. Les plus alarmistes avaient ça en tête. « Tu te rappelles cette BD qu'on lisait avant l'an 2000, il y a longtemps, Jeremiah, *tu crois que ça peut être ça? Des survivors sans foi ni loi et un western postapocalyptique!* Mad Max*? » Et reste-t-il du riz? du savon? du dentifrice? du papier-toilette? Et surtout, surtout – c'est ce que je pensais –, y a-t-il encore un devenir? « Tu comprends, quand on écrit, il y a trois temps, la* *grammaire est structurée de cette manière, un passé, un présent et un futur, là, c'est quoi le dispositif ? Le passé s'est effondré, on ne comprend pas bien le présent, et le futur est tout flou.* » Que pouvait faire la littérature dans ce cas précis ? « *Il paraît qu'ils vont demander à l'armée d'intervenir, qu'il va y avoir un couvre-feu, que sinon on va mourir par centaines de milliers.* » De toute façon les Bourses s'étaient effondrées. On était triste pour elles. Pour les milliardaires. Pour les fonds d'investissement. C'était quoi l'idée ? Faire comme Néron, regarder Rome brûler et jouer de la lyre ? Ou se dire que c'était juste une turbulence, rien de bien grave, cela continuerait, comme cela avait toujours continué. Personne ne pouvait avoir de doutes là-dessus. Mais avec nous ? On était en droit de se poser la question. Brusquement, elle n'était plus une spéculation abstraite, mais une réalité flippante : il n'y avait plus de Barilla n° 5 au supermarché ! Il n'y avait plus de Barilla n° 5 au supermarché, et ça me faisait flipper. Car ce vide, au-delà de la déception d'imaginer une soirée triste et sans pâtes, induisait un autre type de raisonnement, d'où cette question affolante, anxiogène au possible, surgissait. Une question qu'on testait parfois, mais comme une hypothèse, comme une expérience de pensée : pouvait-on vaciller ? Sans Barilla n° 5. Sans tous ces trucs qu'on se complaisait à trouver débiles, souvent à critiquer. « Ça craint quand même, ce consumérisme, cette folie de la rentabilité, l'industrialisation, la folie de l'argent, la croissance à tout crin. Quelle vie de fou ! » Mais s'ils n'étaient plus là – et pas que les choses profondes, essentielles, Proust, les tutoriels de physique quantique et les avancées éclairées de la civilisation, mais aussi tout ce qui allait avec : les *vidéos de chats sur Internet, les embouteillages, le malaise d'être serré dans les transports, les conversations futiles, les soldes, les réseaux sociaux, la petitesse du quotidien – qu'allions nous faire ? Car non, il ne s'agissait pas que d'un truc matériel, mais aussi d'une interrogation existentielle, substantielle, intime : qui étions-nous, finalement, sans Barilla n° 5 ? sans le bruit et l'odeur du métro ? sans la lumière des réverbères ? Putain, la lumière des réverbères ! L'angoisse du noir. Qui savait encore ce qu'était la vie sans les lumières des réverbères ? Sans lumières du tout une fois le soleil couché, les soirs sans lune et sans étoiles. Je l'avais fait une fois. J'étais resté dans une maison avec juste des bougies. Le monde devenait fantasmagorique. Peuplé d'ombres qui bougeaient comme des fantômes au moindre déplacement. Leurs grandes ailes mouvantes flottant sur les murs de la cage d'escalier. « T'es vraiment certaine que les revenants, les spectres, ça n'existe pas ? » Personne n'avait plus l'habitude de cela. L'habitude de la Nuit. Bien sûr, ce n'était qu'une crise. Un soubresaut insignifiant. Les Fourmis avaient la Grippe. Et s'en inquiétaient. La Fourmilière était menacée. Est-ce que sans lumière des gouffres s'ouvraient ? Pour nous engloutir ? Une faille sans formes ni contours. Et du coup, serions-nous encore nous ? je ? quelque chose ? Ou était-ce une dissolution ? Avec les scènes de western apocalyptique juste avant. Mais on se reprenait. « Désolé, c'était juste une montée de panique. » Qu'on arrivait à maîtriser. Les Banques Centrales prenaient les choses en main. Les Bourses rebondissaient. Les taux à dix ans repartaient à la baisse. Finalement ce n'était pas si mal. On était content que tout ne s'effondre pas tout de suite. Mais était-ce bien sûr ? Un mail venait d'arriver.*

La Ville de Bordeaux ne serait peut-être pas en mesure de ramasser les poubelles plus d'une fois par semaine. Elle invitait les usagers à ne sortir leurs containers qu'au moment opportun.

Quelques jours plus tard encore, on était déjà moins vaillant. Je me souviens avoir traversé la moitié de la France – comme je continuais à faire mes films en réalité virtuelle, tout seul, je bougeais au gré de mes tournages, agitant mon attestation professionnelle aux rares contrôles (quelqu'un m'avait dit que les policiers avaient fait grève, le respect du confinement ne tenant que sur l'effet d'annonce des reportages télé et le Surmoi de la population) –, et être ainsi resté à rouler sur des voies d'autoroute, où je ne croisais aucune présence, pendant des temps très longs, parfois plusieurs heures. Pas un tracteur dans les champs, pas un bruit, les pompes à essence sans personne, juste les automates en service. Ce n'était pas vraiment la fin du monde. C'était juste hyper bizarre. Irréel, mais en même temps, on sentait l'absence, la disparition des gens, et même si j'aimais la solitude, que je n'écrivais pas spécialement pour les autres, mais avant tout parce que j'aimais écrire, que cela faisait partie de moi, cela m'ôtait toute envie. Quel intérêt, en fait, d'écrire ? Dans ce contexte, cela paraissait tellement sans raison d'être, que je me sentais stupide même d'y songer. C'est de réaliser cela, je crois, qui m'affecta le plus. Du coup, j'étais sonné, surpris de l'être, et je ne savais pas quoi faire. Une fois écrit mon texte pour *Télérama*, j'en avais écrit deux ou trois autres, pour des sites, des revues, qui essayaient de réagir, mais c'était comme des coups d'épée dans l'eau. Quand je passais à Paris, la ville paraissait peuplée de créatures étranges, d'apparitions grimées – à ce moment-là, les masques ne faisaient pas encore partie du paysage. La capitale était vide, à part les queues devant les magasins de nourriture, mais dans le centre, sur les quais, c'était vraiment le terrain d'une nouvelle scène, curieuse, comme de la ouate, ça me rappelait Christo. Qui se souvenait du Pont-Neuf emballé ? Je crois que c'est Jack Lang à l'époque qui l'avait autorisé. Des années après, peut-être y avait-il eu un rebond, un glissement spatio-temporel, qui se serait fractionné, aspirant la quasi-totalité des habitants, n'en laissant que quelques-uns, très peu, qui marchaient en silence sur les quais, comme des fantômes, le visage masqué, avec peut-être ce qui restait du tissu qui avait servi à la performance, en 1985, si lointain, si proche, tissu qui aurait été stocké, pourquoi pas, dans un endroit discret, pour resservir maintenant, comme une juxtaposition, et c'était réussi, un tableau curieux, tout le monde parlait de science-fiction, mais ce n'était pas tout à fait vrai, plutôt juste une carte postale aussi inattendue que celles que vendaient les bouquinistes à l'époque, je crois que Christo avait fait un procès, c'était son œuvre, pas celle des bouquinistes, qui eux s'en cognaient, et vendaient quand même les cartes postales, la différence c'est qu'aujourd'hui les bouquinistes étaient fermés, et que personne ne vendait plus rien.

Par instants, j'avais la sensation d'être au bord d'un précipice, que non seulement je n'avais d'autre choix que de m'y confronter, mais que la distance qui m'en séparait ne dépendait pas de ma décision d'avancer en sa direction, mais plus bêtement que, comme dans une attraction effrayante de fête foraine, c'était le sol m'en séparant qui avançait vers moi, prêt à m'aspirer. Si je faisais le point, j'étais en train de vieillir, j'allais mourir bientôt, et le monde autour de moi, qui aurait dû capitaliser dix mille ans de civilisation, eux-mêmes succédant à des milliards d'années d'évolution et de sélection naturelle, semblait se déliter, se précipiter lui-même vers sa perte et son autodestruction. Et au milieu de cette nappe flippante au possible, je ne savais pas quelle histoire il était possible de raconter, de me raconter, d'inventer pour m'extraire de ce marasme. C'était à la fois pathétique, pauvre vieux perdu traversant la France abandonnée par ses habitants, avec des informations consternantes venues des quatre coins de la planète, et aussi presque touchant. Ce vieux doutant de la littérature, réalisant brusquement que sa baguette magique avait des limites, que face à l'abîme, elle n'était plus de mise. Je ne lâchais pourtant nullement l'affaire. « Non, clamais-je à la face du ciel (qui bien entendu s'en fichait, mais je m'en fichais aussi qu'il s'en fiche, ce n'était pas le propos), la littérature n'est pas dead ! Certainement pas ! Et de toutes les façons ce que j'écris, même si ça s'appelle un journal intime, ce n'est pas de l'autofiction. J'ai horreur de l'autofiction. Je trouve ça nul et complaisant. Ce que j'écris, c'est de la Fiction Automatique. C'est comme un Power. Tout ce que j'écris devient de la fiction, et si le précipice me fonce dessus, je vais rajouter dans mon journal intime que j'aurais un parachute, ou une fusée, ou n'importe quoi qui fasse que je ne tombe pas dedans, et ce sera une super Fiction Automatique, et toc ! » et quand je disais ça, je savais que c'était stupide et puéril, d'une naïveté confondante. Le dieu des Écrivains n'avait même pas besoin de me le faire remarquer, il m'encourageait d'ailleurs à supprimer ce passage, sous peine de risquer le jet de tomates infamant du ridicule.

13

Avant que les choses ne repartent un peu, que certains ne retrouvent suffisamment leurs esprits pour envisager des activités autres que de rester frappés de stupeur à regarder les infos nous annonçant le début de l'Apocalypse sous forme de statistiques d'une précision aussi absurde qu'insoutenable, il y eut un temps comme suspendu, où la population effarée avait flotté, pour certains dans une parenthèse enchantée – logement avec jardin –, pour d'autres dans une séquence carcérale – studio ou deux pièces sans balcon –, moment où moi j'étais surtout obnubilé par cette matérialisation de notre finitude, qui venait faire écho à mes problématiques de pauvre vieux habité par cette conscience aiguë de sa fin inéluctable. Je venais de publier un livre qui s'appelait… *La Fin des Haricots*, et pour couronner le tout j'adaptais un vieux roman en BD, *Nostalgie de la Magie Noire*, qui était un récit de… la fin du monde !

C'est donc habité par ce larsen que je continuais à traverser la France – toujours auto-autorisé professionnellement à le faire –, qui restait, même si le premier choc passé, les esprits reprenaient pied, intégralement déserte. Ça me faisait de plus en plus flipper, comme si un doigt sinistre avait appuyé sur l'interrupteur, et que, peut-être, il allait oublier de rallumer, nous laisser dans le noir. Je me souviens que j'ai écouté les Stones, *Living in a Ghost Town*, et je me suis dit en regardant le clip sur mon téléphone, que puisque les Stones chantaient encore, c'est que tout allait bien – Mick Jagger, le jus qu'il avait, c'était surnaturel, il devait avoir au moins soixante-quinze ans –, et j'ai pensé aussi qu'ils allaient mourir, bientôt, forcément, probablement avant moi, et que là, alors, ce serait vraiment la Fin des Haricots, qu'il fallait s'y préparer, parce que ce serait le signal du départ, de la fin définitive du monde tel qu'on l'avait connu, nous les boomers, celui des Garçons dans le Vent, du Marsupilami, et tout ce qui avait fait notre culture.

C'était bizarre de le constater, et d'un certain point de vue le confinement rendait cela moins triste, ou moins flippant, finalement, et, toujours au milieu de cette France toute vide, je me suis arrêté pour pisser, c'était l'avantage, comme il n'y avait personne on pouvait s'arrêter où on voulait, une rivière coulait en dessous du pont de l'autoroute, et je me suis dit qu'avant on devait trouver plus normal que tout soit fluide, que rien ne reste comme cela était, sauf un peu les montagnes. On ne se posait même pas la question. Mais maintenant avec les trottoirs, les immeubles, les murs, nous avons l'impression trompeuse que les choses sont nos possessions, qu'un cercle magique les empêche d'être soumises à ce à quoi tout est soumis, quoi que l'on y fasse, à la valse incessante des mouvements et au tourbillon de l'impermanence. Cela sonnait pour nous comme une évidence.

Sur ces hautes considérations philosophiques, mon téléphone a sonné, et P., un type assez curieux, dont je n'avais plus eu de nouvelles depuis des années, se rappela à mon bon souvenir. Je ne sais fichtre pas ce qui lui avait pris, quelle mouche avait pu le piquer, mais, me dit-il, avec le confinement, ces nouveaux paradigmes avec lesquels nous devions composer, lui avaient causé – et il savait qu'il était loin d'être le seul, on avait besoin de sens, oui, de sens ! – une remise en question profonde. Interrogeant sa raison d'être. Provoquant la fameuse « quête de repères ». Et par là même, un doute sur la nature de ce à quoi il occupait ses journées – en fait, je crois, à pas grand-chose, d'après ce que j'en savais, P. était riche, de naissance, comme d'autres naissent blonds ou bruns, lui était né fortuné. Il avait donc décidé de franchir le pas, et de se confronter à ce challenge qui le titillait depuis longtemps : faire œuvre de création. « Tu comprends, je n'ai pas envie de me réveiller un jour et de me dire que ma vie est derrière moi, et que j'ai laissé passer le train. » J'étais bien d'accord avec lui, c'eût été idiot, et je lui assurais être en phase, bien que pour ma part ma problématique soit quelque peu différente – en fait l'inverse de la sienne –, elle résidait plutôt dans une façon astucieuse de finir le voyage, nanti d'une couchette pas trop inconfortable, et pas debout entre les wagons. Nous nous comprîmes donc à demi-mot, installant entre nous ce que les scénaristes appellent un pacte inconscient – c'est du moins comme cela que je l'entendis –, moi le pourvoyant en flux créatif, lui me sauvant de la misère, qui, avec le confinement, avait pris un tour beaucoup plus concret. Bien sûr, assez rapidement, les choses allaient s'arranger et l'économie repartir de plus belle, mais sur le moment nous n'en savions rien, il n'y avait pas non plus encore eu cette batterie d'aides pour les artistes, décidée ensuite, dans un élan de quoi qu'il en coûte, par le gouvernement, soucieux que le bateau ne sombre pas. La fenêtre anxiogène par laquelle je regardais l'univers depuis un moment, ma fenêtre de pauvre vieux, était, à ce moment-là, devenue en un clic le lot commun. D'un certain point de vue, c'était rassurant. Je me sentais moins seul face à l'adversité. Tout le monde était potentiellement un pauvre vieux essayant de survivre. Tout le monde avait stocké des spaghettis et plongé son nez dans un pot de moutarde pour vérifier que son odorat n'avait pas succombé au virus. Tout le monde voyait demain non plus comme un demain, mais comme une nappe mouvante et plutôt incertaine. Mais, d'un autre côté, cela me plongeait dans d'autres affres, tout aussi cruelles. Car ce n'est pas tellement la maladie qui m'effrayait, j'avais vécu le Sida en frontal, le Covid me paraissait en comparaison une rigolade, mais plutôt l'effondrement de mon modèle économique déjà précaire. Ce que je voyais, ce n'était plus une brume anxiogène, mais carrément un gaz paralysant projeté par des démons ricanants, un gaz qui ouvrait un espace terrible, celui du vide, tout simplement, ce vide où il n'y avait plus ni tournages, ni commandes de scénarios, ni à-valoir de livres. Juste la bulle, mes yeux pour pleurer, et la banqueroute, et probablement la clochardisation à très brève échéance. Rien d'étonnant donc à ce que je fisse alliance avec P., riche et demandeur d'une collaboration, dans laquelle j'aurais toujours un rassurant billet à glaner. C'est ce que je me dis en lui tombant dans les bras, vieil et brave ami que le destin remettait sur ma route au moment *ad hoc*. Et d'ailleurs, rétrospectivement, il est clair que P. joua un rôle charnière dans cette virgule bizarre du Grand Confinement.

P. avait deux projets, qu'il m'exposa sans plus attendre, et pour lesquels mon aide était la bienvenue. Le premier, une série, *Meufs au désespoir*, devait pouvoir être proposé aux plateformes, Netflix ou Amazon, l'autre plus intime, car littéraire, un roman, répondant au doux nom de *Le cœur dans une cerise* (encore qu'il hésitait entre le *Le* et *Un Cœur dans une cerise*). Soucieux qu'il ne puisse y avoir de doute sur la pertinence de mes compétences, j'écoutai attentivement ses deux pitchs.

– *Meufs* c'est un groupe, genre groupe de développement personnel, enfin plutôt une formation, un coaching, sur des femmes qui veulent se remettre sur le marché. Soit qu'elles aient divorcé, ou qu'elles n'aient plus de mecs.

– OK.

– Elles ont entre quarante-cinq et cinquante-cinq.

– OK. Ce qu'on appelle de la « Jeune Vieille » ? je tentai, fort de ma nomenclature héritée de mon expérience des sites.

– Exactement. De la jeune vieille. Des meufs qui ont eu l'habitude d'avoir des mecs d'un claquement de chatte, et qui sont confrontées à un nouveau paradigme.

– Celui de vieillir ?

– Exactement.

J'étais content de voir que le courant passait, et P. était content aussi, je le sentais, que je le comprenne aussi bien. D'autant que la problématique de son pitch n'était pas si éloignée de la mienne. Cela tombait bien. Je pouvais en plus recycler mon expérience récente des rencontres numérisées.

~~– Et donc, comme elles vieillissent et que leur chatte est moins efficiente, je suppose qu'elles sont au désespoir.~~

~~– Exactement. Et des petits malins ont l'idée de leur proposer une formation pour les remettre à niveau.~~

~~– OK. C'est cool~~[1].

Quand on vous pitche un projet sur lequel vous êtes potentiellement en lice pour scénariser – je donne ce conseil pour ceux d'entre vous qui seraient dans ce cas –, hochez la tête en prenant un air convaincu, en balançant des petits « OK », et des « c'est cool ». C'est une stratégie simple, mais souvent payante.

– Ce qui caractérise ces femmes, c'est qu'elles sont dans l'ambivalence. Elles sont dans le rejet, voire la

1. Passage ghosté pour des raisons explicitées dans la dernière partie.

colère, vis-à-vis de l'homme, et en même temps elles ont besoin d'une bite.

– Elles ont besoin d'une bite ?

– Oui, parce que de cette façon, on va parler aussi de #MeToo.

– Ça parle de #MeToo ?

– Tu penses que ce n'est pas bien ?

– Si. Bien sûr. Sujet fort, je veux dire, c'est… si, oui, carrément.

– De #MeToo et des amalgames qui peuvent être faits.

Un brusque flash m'inonda le cerveau. Je n'étais pas un lecteur assidu des médias people, mais maintenant qu'il y faisait allusion, l'anecdote me revenait, P. avait été au centre d'une affaire, pas vraiment un « MeToo », mais un truc qui mettait en scène sa femme de ménage et une de ses secrétaires, qui l'avaient publiquement accusé, non pas de les avoir violées – Dieu merci – mais d'avoir tenu devant elles des propos jugés sexistes, voire dégradants, pour les femmes. L'affaire n'aurait certainement pas fait la une si P., loin de s'en laisser conter et de faire profil bas, ne s'était répandu sur plusieurs plateaux télé, friands de ce genre d'éclats, en expliquant à la France médusée que oui, il revendiquait le droit de pouvoir appeler une femme une salope, ou une pute, putes dont d'ailleurs il utilisait les services sporadiquement – « Et qu'on ose me prétendre que les putes ne sont pas consentantes ! » –, et tout un tas d'autres choses, assez mal perçues, d'autant plus que sur le plateau il y avait des féministes, le ton était monté, le terme de mal baisées avait été employé, et bref, P., je le réalisais brusquement, était sur la liste des Wanted, sa tête – sa bite ! – mise à prix ne demandant qu'à rouler dans la sciure à la première occasion. Une brève image me traversa fugacement. Celle de la mienne, ma tête, à côté de la sienne, décolletée de ma pauvre enveloppe charnelle, qui, elle, aurait subi en amont une lapidation en bonne et due forme, devant la salle de cinéma qui aurait accueilli la première de *Meufs au désespoir*, par un groupuscule de Femen en furie. La voix de P., inquiète de mon verdict, me tira de cette douce rêverie.

– Tu ne penses pas que c'est une bonne idée ?
– Si, si, je réfléchissais aux implications narratives.

Il est nécessaire, à ce stade, peut-être, si je ne l'ai pas déjà fait, de préciser quel était mon point de vue sur le monde, sur la création, sur la littérature. Non pas pour vous infliger mes grandes considérations sur l'existence, mais dans le souci de bien vous faire ressentir les enjeux du personnage (MOI, le pauvre vieux). Comprendre les rouages d'un personnage était une des clefs de l'empathie (pas la seule, mais une clef importante). Et l'empathie, la clef d'un roman réussi. Grâce à cela les problématiques, les tourments, les affres et les joies du personnage devenaient les vôtres. Vous vibriez avec lui. J'avais donc tendance à voir le monde comme… comme un hôpital psychiatrique ! Après des années à méditer sur cet inépuisable sujet – mais bon Dieu, qu'était-ce donc, cette curieuse réalité dans laquelle je baignais ? quel sens avait-elle ? quelle explication pouvait-on sortir du chapeau pour trouver une cohérence à tout ce bazar ? et quelle était ma place là-dedans en tant qu'écrivain ? – j'en étais arrivé à cette hypothèse que je trouvais, à défaut d'être prouvée, partiellement satisfaisante : la terre était un asile de fous, dans lequel étaient enfermés des déments, venus des quatre coins de la galaxie, voire de l'univers – une version déconcertante de *Men in Black* – dont certains étaient des fous dangereux, sous des apparences humaines. Cela me paraissait plausible. Comme dans un hôpital psy, on assistait à des débordements, des délires, mais, exactement de la même façon que médecins, infirmiers et camisole proposaient un cadre, l'ensemble de la civilisation renvoyait un programme permettant aux oufs de l'être un peu moins. Éducation. Lois. Culture. Travail. Sens Moral. Empathie. Coopération. Sinon, comment expliquer que nous étions parvenus à un tel degré de compréhension, d'organisation, de production, en... moins de dix mille ans !!! Et ce en continuant à nous conduire comme des cinglés. Cette prospective se trouvait étayée par l'aveuglante clarté des faits. Il suffisait de piocher dans l'actualité, si besoin était, pour s'en convaincre. Des fous, voilà, là était l'explication. Et moi j'étais un pauvre vieux, flippé, sans tunes, au milieu d'une armée de cinglés qui arrivaient à trouver ce délire normal. Et pourquoi, à votre avis ? Eh bien, grâce au Récit. Le Récit était un des grands adjuvants de la mascarade. Le Récit permettait non seulement que les immeubles ne s'écroulent pas, mais qu'ils tiennent debout. En dix mille ans, c'est grâce aux fictions que nous avions tissées que nous étions arrivés à un si hallucinant résultat, où tout, finalement, prenait place et sens dans un flux d'infos qui tapissaient les murs de l'appartement. Et vu que j'étais écrivain et scénariste, je participais au truc. Là était mon lot. Je savais composer – c'était même mon devoir – avec la Grande Machine Absurde. Je pouvais « jouer le jeu ». Cela faisait partie du contrat implicite.

Cette digression pour bien que vous compreniez où j'en étais à ce moment précis où la fin du monde venait de s'enclencher, et où un riche héritier limite border me contactait. J'aurais pu décliner l'offre en me pinçant le nez. *Le Désespoir des meufs* et *La Cerise dans un cœur* ? « Non, sans façon ! Je ne prostituerai pas ma plume intègre pour tes sornettes. » Mais je n'en fis rien, vous vous en doutez. C'est avec un réel enthousiasme que je topai dans la paume ouverte de P. « C'est vraiment cool qu'on se recroise ! », et me lançai dans cette nouvelle aventure artistique : la série et le roman – « Mais ce sera peut-être un film d'abord, je ne suis pas sûr. » J'étais à fond. C'était de belles idées. J'allais certainement le vérifier dès les premières réunions.

14

En me rendant au rendez-vous avec P. ce matin-là, un vol de perroquets vint se poser sur les lignes téléphoniques, devant mes bureaux, à Clamart. Depuis quelques années, nous étions confrontés à la visite de perroquets. L'on aurait pu penser qu'ils avaient migré suite aux effets du réchauffement climatique. La réalité était cependant moins anxiogène, et même rassurante : enfuis de leurs cages où ils végétaient comme oiseaux d'agrément, ils avaient gagné leur liberté et s'étaient adaptés à la banlieue parisienne. Ces perroquets étaient une leçon. Je le comprenais de cette façon. Si ces perroquets avaient réussi, après avoir été kidnappés dans les tropiques, à s'affranchir de leur joug et à se créer une petite vie pépère entre Châtillon et Bagneux, pourquoi moi n'y arriverais-je pas, même en tant que pauvre vieux, au cœur d'une pandémie ? Cela ne me dispensait pourtant nullement d'une analyse approfondie du contexte dans lequel allait se dérouler cette nouvelle mission – la Mission *Meuf dans une cerise*.

Car fort de mon analyse sociétale, la question qui pouvait cependant se poser était : P. était-il un extraterrestre, égaré dans un corps humain, à la tête d'une petite fortune, et avec des aspirations artistiques ? J'optai assez vite pour l'affirmative. P. avait donc été assez vite éligible dans la catégorie des « personnages » – les personnages étaient de vrais gens dont la texture, soit justement parce que leur apparence humaine abritait une forme extraterrestre qui avait fini par déteindre, soit qu'ils soient tout simplement originaux, dépassait le cadre habituel d'une personnalité lambda. Et P. avait, en plus, une particularité que je n'avais pas bien perçue de prime abord : un sens du langage intéressant. Il se servait d'expressions qu'à ma connaissance, personne n'utilisait. Par exemple, plutôt que de dire, « je m'en bats » ou « je m'en fiche », il disait : « je me les touille ». Jusque-là, me diriez-vous, rien de fou. Certes. Mais quand il vous regardait, avec cet air étrange indiquant qu'il réfléchissait intensément à la direction que prenait le scénario, comme s'il était capable de peser des paramètres connus de lui seul, et qu'il énonçait, sur un ton d'ailleurs assez banal : « Là, on est garé impasse du Néant, à se faire un sniff de Rien. Faut balancer du rayon X sur la séquence différemment ! », nul doute que nous étions face à un poète, créateur au débotté d'une novlangue. *Idem* quand je lui demandais comment il voyait les personnages, ses sourcils se fronçaient et, tout en hochant la tête il balançait : « Je les regarde à travers les nervures des feuilles des arbres. » Et, je ne sais pas pourquoi, mais ces petites saillies linguistiques, ajoutées au contexte – entre deux confinements, la pandémie pas encore digérée, tout ça dans son hôtel particulier, au milieu des œuvres d'art léguées par son père –, me relançaient sur mes obsessions : vieillir, et ensuite mourir. Mes pensées se remettaient à vagabonder sur mon sujet de prédilection. Si, par exemple, après la mort, on se mettait à flotter, et que le vent nous emporte, que se passait-il si les courants aériens nous déportaient au-dessus de la mer ? si nous étions emmenés loin, très loin ? J'adorais la plage, regarder les flots, les vagues, la ronde incessante du ressac. J'allais le long de l'Atlantique, où il y avait des surfeurs, et tout le monde à poil, un paradis à perte de vue, quasiment pas de touristes, mais je réalisais brusquement que la nuit, la mer, les vagues, l'océan, racontaient une tout autre histoire. Du noir, pas de lune, le dos d'un énorme animal, liquide et complexe. Cela devait être terriblement effrayant. Peut-être que la mort c'était ça. La rupture des amarres. Plus de corps pour vous stabiliser. Et la noirceur intense des profondeurs se mêlant à celle de la nuit, avec des monstres en prime. Des monstres de science-fiction. Il suffisait de regarder n'importe quel documentaire animalier sur les abysses pour savoir que ce n'était justement pas de la SF.

Ce qui était curieux, c'est que j'avais ce genre de pensées, sans que cela ne m'inquiète plus que cela. Peut-être, car avec la pandémie tout le monde, riches comme pauvres, s'était retrouvé à la même enseigne, avait touché du doigt la fragilité dont nous étions tissés (même si cette conscience de notre impermanence ne dura pas, sitôt que la pandémie commença à se dissiper tout le monde se hâta d'oublier ce triste paramètre). Ou alors, c'est que je me faisais une raison. Ou que P. m'offrait un dérivatif comique qui réintroduisait cette notion de Grand Théâtre (qui avait longtemps été la mienne), moins anxiogène que celle du Grand HP, qui avait fini par la supplanter. C'est à ce moment-là également que je commençai à être sensible à la nostalgie.

– Tu sais comment je l'appelle celui qui fait le coach avec les meufs pour leur réapprendre la séduction ?
– Non.
~~– Pineur!~~ Primeur.
– Ah oui ?
– Parce qu'il ~~essaye de toutes les piner~~ travaille dans un magasin de primeurs.
– OK, je n'avais pas fait la connexion.
– Et le couple, c'est leur hantise, qu'il dérape. Alors ils le surveillent. Mais lui y arrive en cachette.
– À les ~~piner~~ primer ?
– Oui.
– OK.
– Le couple, c'est Rose et Michel.
– C'est pas justement le nom d'un site de trucs pornos plus ou moins mêlés à des tucs hyper dégradants ?
– Non, c'est Jacquie et Michel. Là, c'est Rose, c'est différent.

La nostalgie était une donnée évidemment corrélée avec mon sujet. La nostalgie indiquait qu'un temps était révolu et que nous le regrettions. Pour des raisons énoncées peut-être frontalement comme factuelles : jadis nous avions un meilleur pouvoir d'achat, moins de voitures, de pollution, ou un monde simplement plus compréhensible, plus accessible, mais qui, on le savait tous, derrière ces raisons apparentes, touchait en réalité des territoires moins tangibles que cette plate constatation qu'hier était mieux qu'aujourd'hui. On effleurait forcément cette zone si sensible, que Proust avait si bien décrite – et exploitée littérairement –, notre mémoire. Ou plutôt cette délicate couche de mémoire qui, en se déposant sur notre âme, l'avait imbibée d'une texture temporelle, pleine d'émotions, de souvenirs souvent revisités, auxquels se mêlait parfois ce sentiment si particulier, difficile à décrire, où nous nous isolions du temps véritable, pour en recréer un autre, unique, nous appartenant entièrement, et ainsi, nous protéger des vicissitudes de l'écoulement des jours, et, *in fine*, de l'issue fatale qui nous attendait.

– Et le point de vue, ce serait quoi ? je tentai, pour remettre le débat sur des rails plus techniquement scénaristiques.

– Le mien, celui d'un homme excédé par ce qu'il faut bien appeler une dérive extrémiste de certaines féministes.

Cela me prenait par à-coups, je repensais à des images de moi enfant, à des moments lointains de ma vie, aux premiers *Métal Hurlant*, et ça c'était affreux, car le titre venait d'être réédité, *Métal Hurlant* avait été un de mes formateurs culturels[1], et c'était comme un miroir épouvantable, presque un sort, j'étais resté dans la maison de la presse, à feuilleter l'énorme numéro qui reprenait des BD et des articles que j'avais lus… quarante ans auparavant, et je ne sais pas exactement ce que j'éprouvais, pas des regrets, ce n'était pas ça, presque une sensation physique, une émotion, un mélange d'une sensation physique et d'une émotion, plutôt un sentiment d'ailleurs. Quelque chose qui avait à voir avec un ressenti incarné du temps. Peut-être une bouffée de l'espace qu'explorait Proust, encore que je n'en sois pas complètement sûr. Quoique Proust ait écrit la *Recherche* avec cette épée suspendue au-dessus de sa tête, sa santé vacillante, son asthme, ce qu'expliquait sa gouvernante, il y avait eu un doc sur Arte – on voyait des images de Paris avec des fiacres, des hommes en chapeau, des femmes en grande robe, en y repensant, cela ajoutait au maléfice du Temps, de l'impermanence, du délitement –, il était rentré de Normandie, au plus mal, sentant la mort rôder, et il n'était plus sorti de sa chambre, avait écrit, écrit, je me demandais si ce qu'il ressentait était du même ordre que ce que j'éprouvais maintenant, cette sensation diffuse de devenir le temps, de faire corps avec son flux, comme les marins finissent par faire corps avec la mer, et quand j'arrivais à m'arracher à cette étreinte c'était pour réaliser que j'étais victime

1. Pour les non-boomers, *Métal* a été une des premières revues de BD adultes, qui a marqué son époque, qui a inspiré de nombreux créateurs boomers, dans des domaines aussi divers que le graphisme, le cinéma, la littérature, la musique.

d'une sorte d'auto-envoûtement, de sables mouvants dangereux, dont je devais m'éloigner.

– Je pense aussi à un autre personnage, un pote de ~~Pineur~~ Primeur.

– …

– Lui son surnom ce serait Porc Royal.

– OK, mais… vis-à-vis des #MeToo ?

– Justement, là j'abonde dans leur sens. Je montre qu'en fait on est d'accord. Porc Royal, c'est vraiment un porc.

– Mais pas ~~Pineur~~ Primeur ?

– Non, ~~Pineur~~ Primeur il a juste envie de ~~piner~~ primer. Mais de ~~piner~~ primer des femmes qui au fond d'elles-mêmes sont déprimées ~~ont envie de se faire piner~~.

– Du moment que c'est au fond d'elles-mêmes.

Je me devais d'être vigilant. Je n'avais pas envie de m'adonner à la nostalgie. Ce serait une impasse sans issue, je le savais. Une drogue dangereuse. Un cul-de-sac. C'est à cela que je pensais en écoutant P. me débiter ses conneries. En me disant aussi qu'après avoir servi si fidèlement la littérature, j'étais bien mal récompensé, que c'était même honteux, on aurait dû me décorer, me donner une pension, faire en sorte que je ne sois pas obligé de me commettre de la sorte, avec Pineur et Porc Royal, et d'ailleurs c'était peut-être pour cette raison, parce que j'étais heurté par cette injustice que j'avais tendance à me réfugier dans des images du passé où tout cela m'atteignait moins.

15

Heureusement, notre Bon Roi, frappé d'un élan de générosité éclairé (et craignant peut-être qu'en plus d'être frappés du Covid, ses sujets ne prennent piques et fourches et se révoltent tout de go), décida d'une série d'aides substantielles, et pour une fois, loué soit-il, la culture ne fut pas oubliée. Étant à la tête d'une petite entreprise de production qui avait quand même réussi l'année précédente à générer un minuscule chiffre d'affaires – l'aide était calculée selon ce paramètre –, je fus éligible à cette manne aussi inattendue que salutaire.

J'avoue, et je le dis sans honte, être allé brûler un cierge à l'église de mon village. Mon Dieu, pensais-je en consultant frénétiquement ma page de gouv.fr, oui !!! votre demande a été validée, un virement vient de partir, un virement avec du bon argent permettant au pauvre vieux de reprendre son souffle, la bouffée d'oxygène le sauvant d'une mort certaine, mon Dieu, je vous promets d'en faire bon usage, je ne vous décevrai pas, je le jure. Dès demain un grand projet sera mis en chantier, un projet énorme, d'utilité publique, dans la ligne de ce journal intime, sa continuité directe, une leçon, un guide, des rails pour toutes les vieilles et les vieux. À qui j'allais montrer le chemin. La voie ! L'idée avait germé pendant ce moment particulier où P. m'avait laissé seul dans son grand bureau, au milieu des œuvres d'art valant une fortune, des photos des dignitaires de sa famille qui frayaient avec les grands et puissants de ce monde. Des meubles au design aussi parfait qu'audacieux, les immenses tableaux, les tapis, moelleux. Et où, après m'avoir dit : « je vais aux toilettes », il m'avait abandonné quarante-huit minutes, seul, assis sur ma petite chaise d'inspiration africaine, assez stylée, mais à l'usage quand même pas des plus confortables. Moi souriant, en gardant un air concentré, supposant que j'étais peut-être filmé, et comme il ne m'avait pas encore filé le début d'acompte sur lequel nous nous étions mis d'accord, il me semblait important d'afficher sur mon visage cette intensité de réflexion qui allait justifier mes émoluments.

– Il est parti pendant quarante-huit minutes ?
– Oui.

Mais que fabriquait-il dans ces toilettes ? Était-il mort, et comme il y avait un coffre en bois qui servait de table basse, une sorte de sarcophage, d'ailleurs peut-être un vrai sarcophage, pas une imitation, avec P. tout était possible, et par association d'idées, comme j'étais toujours sur mon idée d'âmes en train de flotter au-dessus d'un océan noir, qui se mélangeait à P. peut-être décédé aussi dans ces toilettes, et le sarcophage sous les yeux, je m'étais dit que c'était bien, finalement de m'attaquer à ce problème : celui de la mort !, pour lequel celui de la vieillesse n'était qu'un paravent. Ou en tout cas qui était à la vieillesse le complément fatal, l'adjuvant définitif. Et moi, j'avais peur de mourir, autant de vieillir que de mourir. Mais peut-être de mourir encore plus que de vieillir. Enfin cela dépendait des jours, mais de toute façon, j'allais mourir, c'était certain, alors autant régler cette question, car vu que je n'y pouvais rien, autant changer. Me « réinventer » par rapport à la « problématique de la mort ».

C'est de cette façon qu'était née l'Opération Sarcophage vers la Suisse (et ce qui accessoirement me permit de conclure l'épisode P., qui commençait à me courir sur le haricot avec ses turpitudes, qu'il se débrouille pour se connecter au flux créatif de l'univers).

En vérité, je n'étais pas l'auteur original de cette curieuse expédition touristique. Le dispositif était déjà abondamment pratiqué en Corée du Sud, où il était proposé des trainings à des postulants de tout âge, des pré-vieux, mais aussi beaucoup de jeunes, pour leur faire dédramatiser la mort – et qu'ils prennent conscience de la beauté et de l'utilité de la vie. Pour cela, on les collait dans un cercueil, non sans leur avoir auparavant enjoint de rédiger une lettre d'adieu. Mise en scène forte, personne ne riait, c'était sérieux, le glas, gravité intense, celle de mourir, dernière heure venue, proches éplorés jouant le jeu. Vêtus de leur plus beau kimono, les mains liés, les défunt(e)s s'allongeaient dans le sapin, dont on clouait la partie supérieure, et on les laissait ainsi, dans le noir, juste des petits trous permettant de respirer (mais un tout petit peu, sentir la pression intense de l'au-delà, peut-être même du néant, était salutaire), assez longtemps, pour méditer sur ces notions somme toute curieuses, vivre, et mourir.

La motivation de la Corée était d'endiguer une vague de suicides qui décimait le pays. La mienne était différente. Je n'avais jamais eu envie de me suicider, et j'adorais vivre. Mais comme je ne me voyais pas décrépir plus que de raison, encore moins l'infliger à mes proches – putain, quelle angoisse, un vieux, et un vieux à charge ! – et qu'en plus j'avais envie de me débarrasser de cette peur latente – mais bon Dieu, je vais mourir, c'est inéluctable !!!! –, je voulais être certain de pouvoir régler ce détail « en toute conscience », et donc être capable de filer en Suisse quand je le déciderais, dans la sérénité, ayant enfin un retour sur mon investissement de vingt-quatre euros annuel, afin de gober le petit bonbon fatal, seulement je craignais de flancher au dernier moment. La scène était tellement gênante, j'en frémissais rien qu'à l'imaginer. Après une soirée pleine d'émotions, mes petites-filles, qui seraient alors grandes, en larmes, mes enfants, la gorge nouée, tout le monde se forçant à rire, mon gendre, qui était DJ, passant le mix du grand départ, et… moi toujours là le lendemain matin. Le surlendemain aussi. Et également la semaine suivante. Arrivant finalement à partir. « Ça y est ? Il est dans le Uber ? » « Oui, son train est dans quarante minutes. » « Oh non, c'est pas vrai. Il a fait demi-tour, je le vois sur l'appli. Le voilà qui revient. » La honte définitive.

C'est fort de toutes ces considérations que je mis en place un vrai départ pour Genève, là où se trouvait Mourir Dans La Dignité. Les subsides de l'aide Covid devaient me permettre de financer un petit tournage. Et un documentaire sur la fin de vie et le suicide assisté, j'arriverais bien à le fourguer quelque part. De plus, jamais avare d'une nouvelle piste pour me sortir du spectre de la misère qui reviendrait rôder, je le savais, sitôt la manne gouvernementale tarie, j'avais en tête de tester une idée lumineuse, c'est le cas de le dire : des cercueils colorés ! Cela allait un peu de pair avec ma démarche. Rendre la mort enthousiasmante. Et si ça marchait pour moi, cela pouvait marcher pour les autres. Et là le marché était impressionnant. Parce que cent pour cent de la population n'allait effectivement pas devenir vieille (certains chanceux partaient avant), et donc on pouvait toujours être dans le déni. Mais par contre tout le monde allait mourir. J'avais donc une cible potentielle très, très conséquente. Et un argument imparable pour lever des fonds. Et puis j'étais à fond dans mon postulat de Fiction Automatique. Le projet était cohérent, non ?

Je commençai donc à préparer l'escapade, en essayant de me mettre dans la peau du personnage – ce n'était pas très compliqué, car c'était moi –, mais surtout en boostant sa (ma) réflexion, tous les trucs qu'on peut penser avant ce moment quand même particulier, d'être à la veille de partir, de disparaître. Par exemple de repenser à soi jeune. Était-on toujours le même ? Si on se rencontrait, se reconnaîtrait-on ?

Serait-on content l'un de l'autre ? Aurions-nous des choses à nous dire ? Et notre regard sur le monde ? Sachant que dans quelques jours je n'existerais plus, le point de vue changeait-il ? Avions-nous une fulgurance ? Et les regrets ? Avais-je des regrets ? Et la mélancolie ? La nostalgie ? Quelle tonalité avait-elle ? Cette façon d'éprouver le temps ? Je m'efforçais de répondre à tout cela. Non, je n'étais plus le même. Plus du tout le même. Et en même temps si. C'était rigolo. Je n'avais jamais pensé à moi comme ça. Cette succession de moi qui s'était déployée pendant plus d'un demi-siècle dans ce monde déconcertant. C'était assez tripant. Et oui, nous étions contents l'un de l'autre. Le jeune n'aurait jamais pensé que je deviendrais ça, mais ça le faisait kiffer. Le vieux était content de voir ce qu'il avait fait du jeune. De comment il avait évolué. Et mon regard changeait. Depuis que j'étais dans le mood « c'est parti pour le petit bonbon, le compte à rebours a commencé », j'étais dans un état formidable. J'avais toujours aimé observer le monde avec plein de points de vue différents. Une fois qu'on avait pris le pli, c'était comme un jeu, et il était facile alors de distinguer de l'originalité et du mystère là où ne se trouvaient, sans lunettes magiques, que tristesse et banalité. Mais là, avec le dead-bonbon, ça dépassait tout. Berberian avait raison. Chaque seconde devenait incroyable. Le temps semblait s'arrêter. Chaque facette en devenait presque sidérante, de profondeur et de beauté. Du coup, j'étais obligé de me faire violence pour m'arracher à cette contemplation pré-*mortem* et revenir à des considérations plus prosaïques, commencer à rédiger ma to do, ou je notai, appliqué : 1° trouver un cercueil. 2° trouver des motifs pour le décorer. 3° technique utilisée ? Décopatch ? Sérigraphie ?

– Tu vas vraiment acheter un cercueil ?
– Si je veux mourir, cela va un peu de soi, non ?

J'étais excité, car c'était un bon projet, exactement comme je les aimais. À la fois un bon documentaire, marrant. « Trop fun, ce type qui part en Suisse pour éprouver sa capacité à mettre fin à ses jours, le jour où ça commencera à sentir le roussi. » Mais aussi une performance existentielle, parce que tout ça, le journal intime, le documentaire, le cercueil coloré, ben en fait, c'était pour de bon, c'était vraiment moi, c'était un personnage, mais c'était un personnage-moi, et face à un sujet des plus cruciaux, sur lequel il était facile de blaguer, là, comme ça, en prenant un ton badin, mais si je m'attardais dessus quelques instants, c'était quand même troublant, de penser que ce que je décrivais, ce que j'imaginais, c'était bel et bien la répétition en vrai de ce qui allait arriver un jour ou l'autre. Et de la même façon qu'il était intéressant de projeter sur le mur de mes souvenirs celui que j'avais été, pour le confronter à celui que j'étais devenu, il l'était tout autant de faire le même exercice avec celui que j'étais maintenant, face à celui que je deviendrais. C'est-à-dire celui qui irait « en vrai » prendre le train pour aller se gober le bonbon. C'était une expérience de pensée passionnante, qui se rapprochait de la fin d'Interstellar – j'avais beaucoup d'admiration pour

Christopher Nolan, pour les sujets de ses films (bien que ces scénarios souffrent indéniablement souvent d'une carence d'empathie pour les personnages) –, où le héros se voit lui-même depuis un autre temps. Pourtant je fus sur le point de flancher, et de renoncer à mon projet. Je crois que cela me faisait trop flipper de me mettre dans la peau d'un personnage de vieux dead.

Malgré tout, les jours suivants, faisant fi de mes peurs, et délaissant mes rêveries philosophiques, je m'occupai de régler les détails matériels, c'est-à-dire recruter quelques techniciens pour gérer les détails matériels, à savoir faire le son, le cadre et la lumière, et aussi trouver ce fichu cercueil, ce qui était plus facile que je ne le supposais, mais m'occasionna une déception de taille. En effet, non seulement de nombreux sites vendaient des cercueils, mais tous proposaient l'option « personnalisable ». Ce qui voulait dire que je pouvais aller me rhabiller avec mes cercueils colorés, ça existait déjà. En plus, les cercueils coûtaient un petit billet. Le premier modèle, le plus basique, était à sept cents euros. Il y en avait en carton (c'était une mode récente), qui ne servaient que dans les cas de crémation, à trois cents, mais je voulais que mon documentaire ait une bonne tenue, que ça fasse vrai, pas cheapouille, et donc je préférais un en bois, que je comptais décorer moi-même, finalement avec des décopatch, c'était plus simple que de les sérigraphier, et sept cents balles, c'était sans les poignées et la plaque d'indentification obligatoire gravée au nom du défunt (moi), ce qui fait qu'avec les options on était à plus de mille balles, donc un cinquième de la subvention. Finalement, j'en dénichai un sur le Bon Coin, un véritable coup de bol, car personne ne vendait de cercueil à part celui-là, à cinq cents, ce qui voulait dire que si je ne tombais pas sur un vendeur psychorigide, à quatre cents ou quatre cent cinquante, on devait pouvoir faire affaire. Quand j'appelai, le type avait une voix bizarre, mais oui, il était OK pour quatre cent cinquante, et non le cercueil n'était pas collé, mais vissé, ce qui était important car je comptais partir en Suisse avec ma vieille Clio, et si le cercueil n'était pas démontable c'était impossible, à moins de le laisser dépasser du coffre, ce qui n'était pas terrible sur un trajet d'autoroute aussi long.

Une fois cet aspect objectal réglé, le rendez-vous pris pour récupérer mon nouvel habitacle, je revins à de l'humain, c'est-à-dire à ceux qui allaient m'accompagner pendant ce voyage – PENDANT MON DERNIER VOYAGE ! –, et comme je comptais garder une partie de la subvention pour payer l'acteur principal, si je prenais des vrais techniciens, avec les charges sociales, la subvention serait complètement aspirée, j'optai pour recruter des stagiaires. J'avais l'habitude de prendre des élèves de l'ESRA, qui venaient se familiariser avec la dure vie d'une petite « boîte de prod indé », en échange de donner un coup de main. J'avais moi-même démarré comme stagiaire dans le cinéma, trente-cinq ans plus tôt – mon Dieu, je sentais que je commençais à me laisser gagner par des bouffées de sentimentalisme mémoriel, c'était le piège à éviter, sinon on était parti pour un téléfilm larmoyant, ce qui était hors de question, ma mort, même fausse, ne pouvait se permettre une telle absence de standing. J'expliquai mon projet à la femme qui gérait les stages (enfin je ne lui expliquai pas exactement qu'il s'agissait de m'accompagner avec un cercueil acheté sur le Bon Coin pour aller vivre une fausse euthanasie en Suisse), que pour un petit doc il me fallait quelques élèves dégourdis, capables d'installer un projecteur et de prendre du son, que le film pouvait amuser, mais elle me répondit, désolée, qu'avec la pandémie, tous les stagiaires potentiels étaient déjà pris. En effet, vu la crise, les productions, aux abois, serraient les coûts partout où elles le pouvaient, et avaient donc raflé le moindre bras gratuit disponible. J'étais donc Gros-Jean comme devant, et assez ennuyé, car faire le film en mode selfie avec mon iPhone était une possibilité, mais, peut-être par un souci de coquetterie inconscient, je tenais quand même à chiader un minimum la lumière et le cadre, chose impossible seul, même avec une perchette tenue à bout de bras. Je ne savais quoi faire, quand, miracle, alors qu'un perroquet, moins farouche que ses congénères qui volaient en escadrille, se posait sur le bord de ma fenêtre, la femme de l'ESRA me rappela, si, il restait une stagiaire, très bien, qui savait faire un peu de lumière, et prendre le son, qui était dispo, on ne l'avait précédemment pas retenue, car elle était cas contact au moment où les grosses prods avaient effectué leur razzia sur la main-d'œuvre bon marché. Je remerciai le ciel de cet heureux hasard, tout en étudiant mieux le perroquet. Un détail curieux, que je ne sus pas interpréter, me chiffonnait. Certains des ongles de ce perroquet (mais pas tous) étaient recouverts d'une pellicule brillante de vernis à ongles vert pomme.

16

– Mais tu es sûr que c'était du vernis à ongles ? C'était peut-être de la peinture ? S'il a mis ses pieds dedans ?

– Pas aussi délicatement. C'était vraiment très précis. Comme des ongles vernis.

– Et verts ?

– Oui, verts.

– Peut-être que c'est une fille qui a fait ça pour s'amuser, et quand elle lui a mis le vernis il s'est envolé.

– Cela voudrait dire qu'il n'était pas farouche.

– Parce que d'habitude, ils sont farouches ?

– C'est difficile de le savoir avec certitude, mais ils volent surtout, et en groupe.

– Ils ne se posent jamais ?

– Si, mais sur les lignes téléphoniques. Pas sur les bords des fenêtres.

– C'est peut-être un réparateur de téléphone qui s'est amusé. Ils ont des nacelles.

La stagiaire a vingt-quatre ans, mais elle semble en avoir quatorze. Elle porte un appareil dentaire, ce qui renforce cette impression. Elle est cependant très consciencieuse, car nous avons passé deux heures quarante à attendre qu'elle vérifie l'intégralité du matériel. Ensuite nous sommes allés chercher le cercueil, chez le vendeur, aussi bizarre que sa voix le laissait supposer. Je le soupçonnais d'avoir utilisé le cercueil pour y dormir, ou s'y reposer, et je pense que je voyais juste, car il fit quelques allusions en disant qu'une fois qu'on y avait goûté on ne voyait plus la vie pareille, et que pour ça la mort avait du bon, et il m'aida à dévisser l'assemblage de planches, en me faisant aussi comprendre que c'était une drogue dure, dormir dans un cercueil, car c'était bien ce que j'avais en tête, non ?, et que lui préférait arrêter avant d'être tenté « d'y dormir à jamais ! ». Nous le quittâmes après qu'il eut proféré ces paroles lourdes de sens, et en partant je soupesai longuement cette hypothèse, qu'il existe une sorte de réseau, communiquant grâce à des perroquets aux ongles vernis, et se repassant les cercueils comme autant d'ustensiles initiatiques. Et même si le type avait l'air bizarre, cela me plut, parce que ça collait bien avec la Fiction Automatique. Nous prîmes la route direction Genève, avec le cercueil démonté sur la banquette arrière, et la caméra à côté. La stagiaire devait faire des plans tout le long du voyage. J'étais content de mon dispositif, il venait boucler parfaitement le journal intime, cette idée de voyage complètement saugrenu était la cerise sur le gâteau. C'était plein de sens, et chargé en émotions.

– Mais il y a un scénario, ou c'est complètement de l'impro ?

– C'est de l'impro, mais aussi à partir d'un livre.

– C'était peut-être mieux que je le lise avant ?

– En fait, il n'est pas encore écrit. Mais c'est… une expérience de pensée comme… *Interstellar* un peu…
– Ah bon, c'est comme *Interstellar* ?

Même si nous avions décidé de nous tutoyer avec la stagiaire (dont j'avais du mal à mémoriser le prénom, Solène), je rechignais à développer mon concept de FA (Fiction Automatique) d'autant plus qu'un des exemples que j'avais trouvés pour l'illustrer (partiellement), une citation de George Sand, m'échappait dans son déroulé précis. En gros c'était « un romancier a besoin d'une vie romanesque pour écrire des romans, comme le civet a besoin du lapin pour être civet », mais pas exactement non plus, et cela me gênait de faire une citation approximative, qui faisait un peu pschit, alors que la vraie était parfaitement exprimée, cela coulait de source, et en me disant ça, cela me rappela qu'on était peu de chose, et que tout (mais nous surtout) tenait à ce peu de chose, et aussi que je partais pour mon dernier voyage, que je devais faire le deuil terrible de… ben de tout, et là j'ai eu super envie de pleurer, des larmes me sont même venues aux yeux, je les ai senties couler, et comme la stagiaire risquait de s'en apercevoir (pour l'instant elle avait mis ses oreillettes sans fil et regardait TikTok) j'ai dit : « je suis désolé, je fais des allergies aux yeux, c'est terrible, c'est une irritation lacrymale », mais je crois qu'avec les oreillettes elle ne m'a pas entendu, elle riait toute seule, en regardant ses vidéos, le genre de vidéos que j'avais essayé de regarder (en tant que vieux féru de nouvelles techs j'avais évidemment téléchargé TikTok), mais sans succès. Je n'y étais pas arrivé. Cela me permit une digression psychique, de m'éloigner de moi en train de mourir bientôt et de revenir à la problématique vieux, les différences de références culturelles, et tout ça, si TikTok était l'équivalent des Comics pour nos grands-parents, si le rock avait été au jazz ce que le jazz avait été à la musique classique, et si le rap (que je n'arrivais pas à écouter) était exactement ce que le rock – qui était ma culture – avait été pour ceux d'avant. Un truc pour dégénérés. C'était certainement possible. Même probable. Qui aurait pu penser dans les années soixante que pêle-mêle les Comics, la BD franco-belge, le rock'n'roll, la Nouvelle Vague, la Série Noire, les revues de SF, le Nouveau Roman, le jerk, le cannabis et Andy Warhol produiraient une Culture, alors que les barons de la Vraie Culture toisaient tout cela d'un œil consterné ? Personne. C'était certainement la même chose aujourd'hui. Ces vidéos que je voyais défiler (avec le même air atterré que les amateurs d'opéra arboraient en écoutant *I can't get no*) sur l'écran du smartphone de ma stagiaire étaient peut-être le terreau d'un truc génial, que je ne percevais pas tout simplement parce que j'étais un schnock.

Parce qu'il ne fallait pas perdre de vue une vérité là encore toute simple. Si, par la grâce d'une story adéquate, en ayant vaincu comme j'allais le faire, la crainte de périr, on renaissait à « ce temps particulier qui nous était donné », cela ne voulait pas dire qu'on était redevenu jeune. Que nenni. Quand on était vieux, quoi qu'on fasse on était quand même vieux, il ne fallait pas se leurrer là-dessus. **VIEUX ≠ JEUNE**. C'était un fait, et de le penser me refila un coup de blues, et me rappela que j'allais mourir, du coup je me remis à pleurer et cette fois la stagiaire s'en aperçut, et comme je m'en rendis compte, je redis « c'est à cause de mon allergie lacrymale, c'est super chiant, ça me prend à certains moments » et elle dit « mais on peut peut-être s'en servir, comme ça, ça fait des images d'émotion, parce que le personnage principal, c'est quelqu'un qui a décidé de mourir, pas parce qu'il veut vraiment, mais parce qu'il est vieux, par respect pour les autres, pour ne pas leur faire subir sa déchéance, c'est hyper courageux, mais ça le rend hyper triste », ce qui me sidéra littéralement, parce que si je lui avais quand même un peu pitché l'histoire, peut-être parce qu'elle regardait les vidéos sur TikTok et qu'elle avait un appareil dentaire, j'avais préjugé (ô vieil obtus condescendant) de sa capacité de compréhension plutôt *a minima*, alors qu'elle lise à ce point dans la substance du projet me fit à la fois plaisir, ça prouvait que le truc avait un potentiel super grand public, et en même temps me vexa un peu (je pensais que j'étais, je ne sais pas, un peu plus… mystérieux), mais je répondis quand même : « oui, tu as raison, c'est un vrai coup de bol que j'aie cette allergie, filme, c'est une bonne idée », mais le temps qu'elle attrape la caméra qui était posée sur le siège arrière avec les bouts du cercueil et les pots de colle décopatch, je n'avais plus envie de pleurer, je m'étais repris, pensant à cette tradition japonaise bien connue qui m'inspirait, le Hara-Kiri, ou Seppuku, qui était un cran au-dessus – tellement c'était terrorisant –, car il s'agissait de s'enfoncer un sabre dans le ventre et de l'ouvrir comme on ouvrirait un paquet

Amazon récalcitrant (la version femmes était le Jigai, qui consistait à se trancher la gorge avec un poignard). Autant dire qu'on était quand même assez loin du saut en parachute ou du petit bonbon. Pourtant c'est cette disposition d'esprit qu'il fallait que j'adopte, celle d'un samouraï prêt à s'enfoncer un sabre dans le bide et à tirer une ligne droite horizontale (certains ressortaient même le sabre et refaisaient la même chose en verticale, cela libérait mieux l'âme). Quand la caméra commença à filmer, je ne pleurais donc plus. J'étais calme – même si j'avais des débuts de spasmes psychosomatiques dans le ventre –, décidé, mes yeux fixant la route posément, avec l'assurance de celui qui connaît sa destination et qui sait que rien ne pourra l'empêcher d'y parvenir.

– Là, tu as l'air un peu bizarre.
– Bizarre comment ?
– Comme si tu avais mal au ventre, ou que quelque chose te gênait. Tu sembles crispé.

Nous avons continué à rouler, comme nous étions sur l'autoroute, à part nous arrêter sur une aire de repos, les options étaient de fait limitées, Solène, s'envoûtant peut-être elle-même de son cadrage, persistant à me filmer, le même plan, puisqu'elle ne bougeait pas et moi non plus, avec un microbout de ciel – car nous étions en gros plan – qui devait défiler derrière. Normalement, dans mon idée, j'aurais dû parler, dire ce qui me passait par la tête, en tant que vieux qui a pris une décision radicale, mais je commençais à être fatigué de conduire, du coup j'étais moins dans mes émotions, et puis me livrer, comme ça, sur des choses intimes, très intimes même, puisque j'étais en train de quitter ce monde, ce qui n'était pas rien, n'était pas aussi évident que ça. Elle a continué à filmer, et moi à ne rien dire, et finalement je me suis dit que cela pouvait être pas mal, que je pouvais rajouter une voix off, où j'aurais décrit mes émotions et exprimé mes réflexions profondes sur le sens de la vie, et son dénouement. Finalement, oui, c'était une option.

– J'ai filmé hyper longtemps, parce que j'ai un peu regardé ce que tu fais, c'est plutôt expérimental, alors si tu mets une voix off sur un plan fixe super long, ça peut bien donner.

Je me suis demandé si elle était complice avec le perroquet et le type du cercueil. Si elle faisait partie de ce réseau invisible qui accompagnait ceux qui décidaient de prendre leur fin en main. Ce qui était certain, c'est qu'elle était plus futée que je ne l'avais soupçonné, ce qui abondait dans le sens que oui, j'étais un peu un vieux con, qui pensait que parce qu'on regardait TikTok, on était atrophié du cerveau, et cela me fit sourire intérieurement, et m'attrista aussi, car même si j'avais écrit ce journal intime autour de ce sujet de la vieillesse, je me disais quand même dans le fond que non, moi je n'étais pas tout à fait comme les autres, pas un vieux con, non, et en fait si, quand même, et j'ai essayé de prendre ça avec philosophie, et de pensée en pensée, on a fini par se rapprocher de la Suisse, qui, je m'en étais aperçu juste la veille du départ, imposait une quarantaine à ceux qui entraient, voire les refoulait à la frontière, ce qui ne faisait pas mon affaire, d'autant que je n'avais pas vraiment besoin de me déployer en territoire helvète, juste qu'on voie que j'y avais été, cela me paraissait suffisamment symbolique de rouler à côté du lac, avec les montagnes en fond, et de me garer devant le bureau de Mourir Dans La Dignité. Aucun risque que je contamine qui que ce soit, et puis Solène, en tant que cas contact, avait été testée trois fois de suite, et elle était négative; donc on ne mettait la santé de personne en péril, et comme une amie m'avait donné un itinéraire discret, qui évitait les gros postes frontières, je pensais que c'était assez facile, d'autant que le projet était, il fallait le rappeler, plus que d'utilité publique, j'allais permettre à plein de vieux de débarrasser le plancher utilement, plutôt que de coûter une blinde à la collectivité, d'être un poids pour leurs proches, et de vivre un calvaire.

– Qu'est-ce qu'on va faire pour la scène du cercueil ? On va la tourner à l'hôtel ?
– Oui, je pense que c'est le mieux.

J'avais réservé deux chambres dans un hôtel pas trop cher, dans la banlieue de Genève. L'idée était qu'on me voie remonter le cercueil, le décorer, et ensuite me coucher dedans. Qu'on comprenne à quel point le fait d'y aller progressivement changeait le point de vue, le ressenti, que si cela devenait un process familier, « oui, je vais en Suisse faire mon training Easy Dead, je suis certain que cela va me décoincer sur cette peur stupide que j'ai de la mort », cela ferait progresser cette question cruciale pour les décennies qui arrivaient, avec cette déferlante de schnockesses et schnocks qui allaient venir engorger les institutions, et parasiter le corps social plus drastiquement encore que le Covid-19. J'étais de nouveau à fond dans mon truc, pas tellement dans l'émotion perso, mais dans cette exaltation de faire œuvre utile, de mêler ma petite performance à du concret.

C'est à ce moment précis, au moment où Solène disait : « je crois que ça y est, on est en territoire suisse », que la lumière bleutée d'un gyrophare est venue irradier l'intérieur de la Clio, transformant notre entrée en Helvétie en une rafale d'images saccadées, et pas dénuées d'étrangeté. On nous a fait garer sur le bas-côté, et une lampe électrique puissante, comme dans les films américains, nous a aveuglés.

– Vous venez de France ?

Nier aurait été stupide. Mais j'ai quand même dit que je ne savais pas que nous étions en Suisse, que c'était une erreur, ce qui a lancé toute une parlementation, les gabelous avaient un accent suisse de comédie grand public, on ne voyait pas leurs visages, juste cet éclat aveuglant, qui pouvait être, cette pensée me traversa l'esprit, la manifestation d'un ange facétieux, qui nous aurait inondés de lumière tout en nous faisant une farce, et comme je les voyais aussi aller de mon visage à celui de Solène, et que l'un d'eux dit : « Mais c'est votre fille ? » il me vint à l'esprit tout aussi soudainement que, peut-être, pour une raison que je n'identifiais pas, Solène avait menti sur son âge, et qu'elle avait réellement quatorze ans, ce qui, vu qu'elle n'était pas ma fille, eût été gênant, et j'ai failli dire : « Mais non je vous jure, je ne l'ai pas kidnappée, je viens pour mourir dans un cercueil et on n'a pas le Covid », mais Solène fut plus prompte que moi, elle dit : « Non, non, je ne suis pas sa fille, je suis dans une école de cinéma et j'accompagne M. Ravalec dans des repérages pour un film, mais on ne pensait pas être en Suisse, nous nous sommes perdus, et j'ai aussi de toute façon mes tests qui prouvent que je suis négative, M. Ravalec me les a demandés, car il est très prudent. C'est un grand écrivain, vous savez », tout en tendant son passeport dans lequel étaient les résultats des tests. La lumière aveuglante s'est penchée sur ce nouvel élément et le gabelou a fini par dire : « OK, faites demi-tour, et dans trois kilomètres vous êtes de nouveau en France, mais pas d'entourloupes hein ? », et c'est ce que nous avons fait, demi-tour, moi assez choqué, parce que je pensais que cela serait plus fluide de mourir, et Solène embêtée pour moi. Et comme de toute façon nous étions fatigués, nous avons pris un hôtel non loin de la frontière, qui était, pandémie oblige, quasiment vide. Les chambres étaient vieillottes, et la lueur de l'enseigne irradiait la mienne qui n'avait pas de bons rideaux, et Solène a dit « je suis un peu fatiguée, mais si tu veux, je peux quand même te filmer dans le cercueil, avec la lueur de l'enseigne ça peut être pas mal, assez décalé » et j'ai trouvé ça chouette de sa part, non pas qu'on filme ça, cela n'avait pas une grande importance, mais qu'elle soit capable de voir la poésie étrange qu'il y avait à poser là un cercueil recouvert d'un début de décopatch et moi couché dedans, avec la lueur de l'enseigne et cette chambre qui aurait pu jouer dans un roman de Simenon. J'ai trouvé ça bien, et j'étais sûr que mes petites-filles auraient cette capacité, si précieuse, de percevoir le monde à côté de ce qu'il semble être parfois, triste et banal, et cela me fit chaud au cœur, et j'ai remercié le dieu des Écrivains de m'avoir donné cette chance, et en me couchant dans le cercueil je me suis demandé comment se passerait ma vraie mort, est-ce qu'il y aurait une minuscule touche indiquant qu'un réseau invisible, dont faisaient partie un type bizarre et un perroquet aux ongles partiellement ornés de vernis vert, avait mis son grain de sel, pour être sûr qu'il y aurait suffisamment de lapin pour faire de tout ça ensuite un civet, et je connaissais la réponse, évidemment oui, le dieu des Écrivains s'en assurerait, s'il y a bien quelque chose sur lequel je n'avais pas le moindre doute, c'était bien là-dessus.

SAISON 3

RENAÎTRE !

17

Ainsi étais-je devenu vieux. C'était maintenant un fait. La pandémie, qui m'avait intimé de différer la publication de mon journal, avait également instruit une implacable dilatation de sa temporalité. J'allais dans quelques jours fêter mes soixante ans. Et là, plus question de tergiverser, j'étais officiellement un croûton, la SNCF se chargea de m'en avertir : j'avais droit à la carte Avantage Senior. Tout était dit. J'avais démarré ce journal comme une blague, une hypothèse romanesque que je savais – que je croyais – assez peu plausible – moi vieux –, il allait se terminer dans un dérapage meurtrier, une sortie de route dans le dernier tournant : J'ÉTAIS UN SENIOR. C'était écrit. J'avais la carte ! Un jeune pépère, certes, mais un pépère quand même. Et autant jusqu'il y a peu – jusqu'au moment où j'avais démarré la rédaction de cette confession – la plongée vers l'abîme s'était déroulée de façon graduelle et imperceptible au jour le jour, autant – et cela avait en plus coïncidé avec la parenthèse pandémie – les cahots de la route étaient devenus plus violents, plus visibles, comme des gifles dont l'écume m'avait à plusieurs reprises éclaboussé avec une force qui m'avait fait vaciller. Il y avait eu la visite chez le médecin et l'exercice de la toise. Pourquoi avait-il été nécessaire de vérifier ma taille ? Rétrospectivement, je pense que cela fait partie de cette signalétique invisible, infâme, dont on ne parle pas, mais que le système a prévue sur le parcours, me mettant sur la liste de la carte Senior, et maintenant mesurons-le, alors combien ? J'avais toujours mesuré 1,78 m, c'était marqué partout, c'était officiel, et ce matin-là, la doctoresse s'est tournée vers moi et a dit, parfait, 1,77, entraînant une réponse instantanée, moi affichant ma surprise, il doit y avoir une erreur, c'est 1,78, pas 77, j'ai toujours fait 1,78, me repositionnant sous la toise pour réparer cette mauvaise lecture de la réalité, mais la doctoresse répétait, non, non, c'est bien 1,77, mais vous savez c'est normal, avec l'âge on a tendance à se tasser, me provoquant un début de tachycardie, car la signification profonde d'une expression usuellement employée venait de m'irradier le cerveau de son suc d'horreur. UN PETIT VIEUX. Je n'y avais jamais pensé de cette manière, mais putain, c'était évident, on ne disait jamais un grand vieux, le vieux était forcément petit, car il se rabougrissait, se tassait, et c'est ce qui était en train de m'arriver, l'étape suivante c'était quoi, 1,76 ? 1,75 ? Jusqu'où pouvait-on descendre ? 1,60 ? Pire ? 1,55 ? Comment ça se passait vu de l'intérieur ? Les os se rétractaient ? Les tendons et les muscles se liquéfiaient ? J'étais ressorti du cabinet frappé d'épouvante. Là-dessus, Giscard était mort. J'avais parlé de lui au début du journal, je m'étais imaginé, une fois élu à l'Académie, discuter avec lui, échanger sur les subtilités de tel ou tel mot, telle ou telle tournure, et il m'avait claqué dans les pattes, envoyant un nouveau signal fort, tes souvenirs, ces petites images auxquelles tu t'accroches, qui t'ont construit, s'évaporent comme neige au soleil, en même temps que toi-même tu fonds, doucement, et d'ailleurs pas si doucement, puisque tu as commencé à rapetisser. Et pour achever de m'achever j'étais tombé sur une vidéo terrible, de Johnny Cash et June Carter, un peu avant leur mort. Johnny Cash et June Carter. Vieux, gros, moches, même pas des croûtons, des… un cauchemar, de la gélatine mutante, affreux, ce n'était pas possible, on n'avait pas le droit, « Hello, I'm Johnny Cash ». Johnny Cash au pénitencier, le jus qu'il avait, et maintenant il était sur ce plateau télé ignoble, sorti d'un EHPAD, d'un vaisseau spatial de l'horreur, où on les aurait, lui et June, transformés, ce n'était plus la même personne, oh mon Dieu, c'était ça, en vieillissant on devenait un autre, il y avait « petit vieux », et aussi d'ailleurs « vieux con », ça allait ensemble. J'allais finir petit, et de plus en plus con – et personne ne me le dirait, je ne m'en apercevrais même pas, c'était le principe des vieux cons, il y avait de quoi paniquer. Mais j'essayais de rester calme. Il y a toujours des solutions, pensais-je en respirant par le nez, j'avais un début de tache sur une main, je m'étais passé de l'aloe vera dessus pendant toute une semaine mais elle n'était pas vraiment partie, d'ailleurs je n'étais pas sûr qu'il s'agisse d'une tache, c'était peut-être un grain de beauté auquel je n'avais pas prêté attention, peu importe, de toute façon, j'avais encore un peu de marge, un léger créneau pour mettre en place des options, avant qu'il soit trop tard pour de bon, et donc je luttais, malgré l'horreur qui, vent debout, me projetait ses maléfices en pleine face. Grace Slick, maintenant. Grace Slick était la chanteuse de Jefferson Airplane. La chanson « White Rabbit » de la BO de *Matrix*, c'est elle (donc une double référence). Pas la peine de se raconter des histoires, mes références, pierres précieuses sur lesquelles mon être s'était bâti, en vérité sombraient aussi naturellement qu'un vieux bout de camembert en partance pour la poubelle. Johnny Cash et Grace Slick n'avaient pas plus de consistance pour un millénium (et ne parlons pas de ceux d'après) que les soixante-dix-huit tours de Tino Rossi qu'écoutait notre voisine grabataire lorsque j'étais enfant. Grace Slick ressemblait à un vieil Elephant Man malade, grosse, vieille, décatie, un monstre vraiment, mais qu'-avais-je fait au Bon Dieu ? Au moins Janis Joplin était intacte, toujours un peu folle, baiseuse et défoncée au firmament, mais pas vieille et si épouvantablement transformée comme cette pauvre Grace. Enfin, bon, qui, à part des boomers, écoutait encore Janis Joplin ?

– En même temps, c'est le cycle de la vie, c'est une roue, ça se renouvelle, ça change, ça évolue. Il faut l'accepter.

Pouvais-je accepter de rapetisser de quinze centimètres ? Je n'en étais pas convaincu. Tout n'était cependant pas aussi noir que le spectre de la croûtonnerie me le murmurait abjectement à l'oreille. D'abord mes livres se revendaient. Pas suffisamment certes pour faire de moi un rentier dégagé de toutes contingences, mais assez pour continuer à tenir mon rang honorablement au sein de la creative community, et c'est tout ce qui m'importait. L'Intégrale de mes nouvelles avait été publiée, un million cinq cent mille signes, trente ans de textes courts, le début de mes œuvres complètes, dans la short list du Goncourt, vieillir n'avait pas que des mauvais côtés, jeune, publier ses œuvres complètes n'aurait pas été d'à-propos, vieux cela vous posait quand même un peu là, je n'en étais pas peu fier. Ma notoriété bon an mal an se stabilisait, j'étais un croûton, mais toujours vaguement dans le paysage, pas disparu, au contraire, les œuvres complètes cela voulait dire du patrimoine, c'était toujours ça. J'avais même réussi une percée significative dans le monde maintenant lointain des djeun's : j'avais fait péter le compteur chez Konbini.

– Pas mal, Konbini. T'as trois cent mille vues.

– Oui, ah, ah. Quatre cents si on compte celles sur Facebook.

– C'est intéressant. Il faut voir comment on le gère.

L'épisode Konbini était une virgule curieuse dans ma e-Réputation. La e-Réputation était une donnée nouvelle qui écrasait toutes les autres données. Les banques par exemple, ne vous prêtaient pas d'argent si vous aviez une e-Répute pourrie. Pas question de se commettre si en un clic tout le monde savait que vous étiez un monstre, ou pire encore. La mienne n'était ni bonne ni mauvaise, mais vu mon activité artistique prolifique, elle était abondante, sans toutefois susciter la polémique. Si j'avais beaucoup d'occurrences, aucune ne déclenchait l'avalanche de clics qui vous faisait un instant briller au firmament – mais un instant seulement – du the one who buzzed. C'était même l'inverse. J'avais beaucoup d'occurrences, mais qui n'intéressaient pas grand monde. J'avais cependant participé à une émission de Konbini. C'était arrivé fortuitement. Je ne savais pas qui pouvait être Konbini, je l'appris après coup, un « tabloïd en ligne français fondé à Paris en 2008 par deux entrepreneurs, David Creuzot et Lucie Beudet. Il dispose de bureaux à Paris, au Nigeria et en Suisse. Le nom du site est une référence au konbini japonais, magasin de proximité ouvert 24 heures sur 24 ». Si j'avais une grande appétence pour Internet, elle n'allait pas jusqu'aux tabloïds, pour lesquels, précisons-le, je n'affichais aucun mépris, mais qui ne coïncidaient pas avec mes centres d'intérêt. Or, pourtant, Konbini m'avait invité. Avait-il lu mes livres ? compris l'incroyable plus-value que je pouvais représenter pour la réflexion artistique en ligne ? En fait non. La réalité était plus complexe. J'avais été plusieurs fois convié à participer aux quelques grandes émissions qui « faisaient encore vendre ». Et ce grâce à la pugnacité de mon éditrice. J'aimais beaucoup mon éditrice. À chaque livre, elle se décarcassait pour décrocher des articles, pour convaincre des journalistes. Lorsqu'on ne connaissait pas les coulisses, tout semblait aller de soi. Mais ce n'était pas le cas. La vérité était que les journalistes étaient submergés. Ce n'était pas un colis de livres qu'ils recevaient, chouette, des bouquins, mais des cargaisons, tous les jours, des piles qui s'insinuaient chez eux, dans leurs bureaux, des livres, des livres, encore des livres, alors que leur disponibilité mentale était, comme celle du reste de la population, sollicitée en permanence par les écrans, qu'ils devaient multiplier les activités, rendre des papiers, piger çà et là pour survivre, et mon éditrice, toujours, vaillante et déterminée, forçait les portes, insistait, harcelait, non pas pour avoir un « bon papier », mais juste pour que le livre soit lu, ce qui était déjà un challenge. Et, forte de ce courage incroyable, qui m'épatait, elle avait réussi à me faire inviter dans les émissions « prescriptrices ». Seulement, seulement, affreux coup du sort, j'avais été déprogrammé plusieurs fois. Comme ça. Toc. À quelques heures de l'émission, alors que mes parents étaient déjà devant leur poste, à guetter mon apparition. Cette cruelle déconvenue était blessante au possible. Pour ma part, je m'en foutais un peu, mais cela me faisait mal au cœur pour elle, pour le tandem que nous formions, pour le succès des livres dans lequel nous étions tous les deux investis. Du coup, lorsque, ivre de rage, après la troisième déprogrammation, elle avait essoré son carnet d'adresses et obtenu que je passe en urgence à Konbini, j'avais obtempéré, trop content de pouvoir rattraper le coup.

– Tu verras, c'est hyper tendance. Ardisson l'a fait, et plein de rappeurs branchés aussi.
– OK.
– Il faut parler de beuh. J'ai dit que c'était parfait, que c'était le sujet de ton livre.

Ce qui était partiellement vrai. *Sainte-Croix-les-Vaches*, un de mes derniers romans, décrivait un village laissé pour compte par la République et les urbains, qui, afin de survivre, se lançait dans la production de « beuh bio ». Quelques heures plus tard, j'étais en possession du brief de l'émission. Il fallait répondre à des questions concernant sa consommation de cannabis. Le terme « joint », pour des raisons j'imagine à la fois de fun comme de risques juridiques, étant remplacé par « sandwichs ». Ce qui donnait, « Oui, j'adore consommer un bon sandwich en me réveillant le matin. » Ou : « Grâce à un bon sandwich, je vois la vie en rose bonbon plutôt qu'en gris tout terne. » Ma foi, pourquoi pas ? Si cela pouvait faire progresser la cause de mes ouvrages, qui pétillaient d'esprit et de cocasses péripéties, et pouvaient donc toucher les « consommateurs de sandwichs », dans une tranche plus jeune que le lectorat habituel, j'étais bien sûr partant. Le seul hic, c'est que cela faisait plusieurs décennies que je n'avais pas consommé de sandwichs. Je ne fumais plus de joints depuis belle lurette, cela faisait trente ans que j'étais végétarien, et je ne buvais jamais une goutte d'alcool, tout en m'adonnant à la méditation. Et je n'aimais pas mentir. Le point par contre sur lequel je pouvais m'appuyer, c'est que je consommais quand même bel et bien du cannabis. Coup de bol. Cela m'avait repris avec mon arthrose, et aussi, je le suppose, à cause de la dose de stress que je m'appuyais tous les jours à Paris, pour survivre dans ce monde de cinglés, que tout le monde s'accordait à trouver d'une parfaite normalité. J'en consommais sous forme de petits gâteaux, qui une fois ingérés, me plongeaient dans ce détachement bien connu des Haschischins, qui permet de souligner le côté cocasse – et non point tragique – de l'existence. Vertu sur laquelle j'étais sceptique au début, le cannabis avait bien des effets apaisants. Quand j'en prenais, les douleurs dues à l'arthrose, à la vieillesse, à toutes ces choses qui étaient d'ailleurs l'objet de ce journal intime, avaient tendance à s'estomper. L'avantage avec le cannabis, contrairement aux opioïdes ou aux anti-inflammatoires, c'était que c'était absolument inoffensif. Certes, si vous souffriez de troubles mentaux prononcés, ce n'était pas conseillé, mais pour le reste c'était réellement sans danger. Ce n'est pas à presque soixante ans qu'on allait me prétendre le contraire. Ni accoutumance, ni risque létal, ni dégradation de sa santé. Ce qui était addictif c'était de fumer, mélangé au tabac, le geste lui-même. En ingestion, consommé judicieusement, je n'avais pas constaté le moindre inconvénient. Cela n'était donc, après tout, pas gênant de l'expliquer chez Konbini. À ce moment-là, j'avais de toute façon plus ou moins laissé tomber l'idée de me présenter à l'Académie Française, sans Giscard en habit vert, cela perdait de son charme. J'avais donc traversé Paris à neuf heures du matin, en scoot, mal réveillé, pour me rendre dans leur studio, où j'avais été accueilli par l'équipe, dont le plus âgé devait avoir une vingtaine d'années. Pendant qu'ils préparaient le set, je leur expliquais que j'allais parler de « gatwichs », et non de « sandwichs », ce qu'ils acceptèrent, sans toutefois me donner la certitude qu'ils avaient bien saisi la subtilité. Ensuite les caméras tombèrent plusieurs fois en panne, les projecteurs étaient placés – mon œil de pro le remarqua dans l'instant – de façon que les ombres sur mon visage en soulignent l'aspect le plus vilain, et les cartes-mémoire furent égarées dans l'heure suivant le tournage, mais, comme on finit par les retrouver, l'interview « gatwichs » fut mise en ligne quelques jours plus tard.

– Ça s'est bien passé ? me demanda mon éditrice, soucieuse de ma percée médiatique chez les « plus jeunes ».

– Super. Vraiment bien. Oui, cool. Vraiment cool.

Et je n'y avais plus pensé. Je n'avais pas eu la curiosité d'aller voir le résultat. C'était un truc de plus sur Internet, tant mieux. Cela ne pouvait pas faire de mal. Quelques mois plus tard, je m'en souviens parfaitement, je marchais dans la rue, je venais de faire mes courses, et le sac en plastique recyclable, trop chargé, me sciait la main, j'eus un appel d'une de mes partenaires dans ma société de production de Réalité Virtuelle. Surexcitée, elle m'annonçait – alors que je crois qu'elle savait à peine que je me piquais à mes moments perdus de commettre quelques romans – que c'était génial, trop fort, elle adorait l'interview, c'était du lourd, trois cent mille vues sur YouTube, cent mille de plus via Facebook. Elle était trop contente pour moi. Bravo. Quatre cent mille vues ???? Wouah. C'était incroyable. J'en étais moi-même abasourdi. Je pouvais donc « toucher les jeunes ». J'appelais aussitôt mon éditrice, qui elle non plus n'avait pas regardé (c'était le principe du « game », ça allait vite, pas le temps de s'attarder).

– Quatre cent mille vues ? Mais c'est génial ! J'appelle *illico* le directeur commercial.

J'étais content qu'elle soit contente, même si je sentais qu'elle était elle-même aussi surprise que moi de ce vent de succès qui nous tombait brutalement dessus. J'appelai ensuite mes proches, mes enfants, et je leur fis part de cette nouvelle incroyable, une population supérieure à celle d'une grande ville de province s'était précipitée sur Internet pour m'entendre, m'écouter, m'admirer. Je dois confesser que les vapeurs de la célébrité m'obscurcirent quelque peu l'esprit, je le sentis bien. Heureusement, le dieu des Écrivains devait veiller au grain, car cela ne dura pas. Sitôt chez moi, je fonçai sur mon ordi pour mieux étudier ce phénomène de société que je venais de déclencher. Oh miséricorde. Oh pauvres de nous. Pauvre de moi, surtout, car si j'avais bien un nombre impressionnant de vues, j'avais aussi des commentaires, que j'eus le malheur de consulter. Ils étaient nombreux. Et – j'avais l'impression d'entendre au fur et à mesure de ma lecture un glas funèbre – sans pitié. « Il a vraiment une gueule bizarre. » « T'as vu ses oreilles ? » « Et ses dents, putain c'est un vampire le mec. » « Ouais, c'est le cannabis qui fait ça, ça détruit, c'est grave. » « Dentiste d'urgence. » « Quelqu'un le connaît ? » « J'ai regardé, non, il est pas très connu. » « Il dit qu'il a donné du cannabis à ses enfants, on devrait l'enfermer. » « On dirait qu'il louche, c'est vrai que le cannabis ça peut faire loucher ? » « Loucher, je sais pas, mais sur le nez c'est sûr que ça doit avoir un effet, il a un nez de boxeur. » « Beurk, affreux. » « Et ses cernes, il doit pas arrêter de taper, le mec. » « Je pensais pas que le cannabis ça faisait autant de ravages. » Et pas mal d'autres choses du même acabit, avec en touche finale un dernier coup de pied dans les couilles, brutal et sans appel, qui me mit au tapis, écrit en plus en majuscules : RAVALEC TÉ QUN CON. Je ne sais comment j'arrivai à me déshypnotiser de mon écran, et, titubant, à gagner la salle de bains où je contemplai longuement mes oreilles, mes yeux, mon nez et mes dents, le souffle court, essayant de réagir, de me dire c'est pas grave après tout, j'ai quatre cent mille vues, même si j'ai une gueule de con c'est ça qui compte, à me raccrocher aux huit mille likes que j'avais, pouce levé, bravo mon vieux, à des commentaires qui disaient que c'était « le meilleur Konbini depuis longtemps », à un autre qui disait que « c'est super intelligent ce qu'il dit, moi ça me fait réfléchir vachement », je n'y arrivais pas, tout ce que je voyais dans la glace c'était des dents de vampire, et des oreilles bizarres, les oreilles d'un CON, et que peut-être, au moins pour les cernes, je pouvais peut-être songer à une intervention, et, tout le reste de la journée, j'avais flotté dans un état de gêne honteuse, de ce que j'étais, de mes oreilles, de mon nez, sans parvenir à me ressaisir, ce qui était curieux, car habituellement je m'en cognais complètement de ce que l'on pouvait penser de moi, alors que là, peut-être à cause de ce hiatus qui avait été si rapide et important entre cette bouffée de célébrité que j'avais crue acquise auprès de mon nouveau jeune public, et la violence de ces commentaires, j'avais pris ça en pleine face, c'était le cas de le dire, aussi sûrement que si quelqu'un s'était mis à m'insulter et à me cracher dessus dans la rue, sans raison. Il avait donc fallu quelques heures au moins pour que je me reprenne et passe à autre chose, me jurant bien qu'on ne m'y reprendrait plus, ni à parler de mes gâteaux au cannabis, ni à me commettre dans des tabloïds, même avec quatre cent milles vues à la clef, quand ma collaboratrice revint à la charge, me proposant qu'on surfe sur ce succès pour déployer mon personnal branding, afin de booster nos activités dans la Réalité Virtuelle et de m'installer comme personnage dans le Métaverse. Je ne donnai pas suite, cette histoire de Konbini m'avait traumatisé, déjà que j'étais vieux, pas la peine de me cogner en plus les commentaires déplaisants de jeunes sur ma « tête de dégénéré du cannabis ». Mais bon, l'un dans l'autre c'était quand même un signe que je n'étais pas complètement cuit. J'avais huit mille likes et quatre cent mille vues. Tout le monde ne pouvait pas s'en targuer.

18

J'étais maintenant un Jeune Pépère. Il fallait m'y faire. Grâce à ce mantra bricolé en urgence, « T 1 jeun pépére/il fo ty fair / mon vieux », j'abordais ma dernière ligne droite – mais serait-elle vraiment une ligne droite ? – avec une sérénité qui me surprit moi-même. D'appartenir à la classe des sexagénaires me provoqua un lâcher-prise salutaire. Cela ne se fit pas instantanément, il me fallut là encore travailler réflexion philosophique et résilience, mais cela finit par s'installer, cran après cran, inévitable rouage du renoncement auquel s'acclimater était une indérogeable obligation. C'était comme ça, point.

Une des étapes me menant à cette quiétude seniorale fut de me confronter à d'autres points de vue – le côté ce n'est pas qu'un journal intime, subjectif et partial, mais aussi une étude quasi scientifique, était important, le gage d'un ouvrage qui ferait référence sur ce sujet brûlant. J'avais donc trouvé de vrais vieux – ce qui n'était pas très compliqué, depuis le début de la rédaction de ce journal j'avais l'impression de ne voir que ça, d'être envahi –, des beaucoup plus que moi, ceux qui étaient pour de bon dans la zone rouge, et pas mal de ces vieux, finalement, kiffaient plutôt leur fin de life tranquillement, sans se prendre la tête. Ils étaient vieux. Bon. Ce n'était apparemment pas non plus un drame. Mais quel était leur secret, bon Dieu, alors que moi j'avais vingt ans de moins, et j'étais aux cent coups à l'idée de voir une tache apparaître sur mes mains. Cela tenait à une chose toute bête, qu'ils m'expliquèrent gentiment : leur capacité à occuper l'instant présent, sans se soucier, ni du passé, ni du futur. C'est ce que mon enquête révéla. Tous avaient en commun ce trait de caractère, qui s'appliquait aussi bien à leur mémoire – les mauvais souvenirs avaient tendance à s'effacer, il ne restait plus, quand ils se retournaient, qu'un continuum apaisant –, qu'aux projections qu'ils auraient pu faire sur le futur – et que justement ils ne faisaient pas. Ils étaient DANS LE PRÉSENT !

Heureux sont les simples au royaume des vieilles et des vieux, pensais-je en entrant ces nouvelles données dans mon tableau Excel. Comme ils avaient de la chance. Pour ma part, j'étais doté du travers inverse. Comme scénariste, je passais mon temps à projeter des cascades d'enchaînements cohérents qui structuraient les récits que je pondais à longueur d'année. Le recours à la logique, qui avait sauvé du naufrage pas mal des histoires dans lesquelles je m'étais lancé, plaidait sans équivoque pour quelque chose de désastreux. Un + Un produisait Deux. On allait vieillir encore plus. C'était un fait. Notre corps allait petit à petit nous lâcher. C'était encore un fait. Et au final nous allions mourir. Cela pouvait difficilement se discuter. Pas de prise de tête sur la fin de la story, de propositions fusantes et d'idées originales sur la résolution du scénario : mourir était le lot de tout le monde. On avait été vivant. Et ensuite on était mort. Se vivre « dans l'instant présent » était bien joli, mais décorrélé de la réalité pour moi.

– C'est parce que tu te mets trop la rate au court-bouillon. Ils ont raison. Si on accepte les choses comme elles se présentent, c'est beaucoup plus simple.

Cela paraissait frappé de bon sens, et pourtant… et pourtant non, j'avais du mal à m'y résoudre. Pour moi, ces vieux étaient dans le déni, des Autruchiens, juste capables de se mettre la tête dans le sable, et pas d'affronter, droits dans leurs bottes, le lent déclin annonçant le naufrage définitif.

Mais cela commençait quand même à faire sens. Doucement, tranquillement, l'idée pénétrait en moi, oui, vieux, c'est ainsi, acceptons-le, paisiblement, avec tranquillité, comme une méditation de plus, un enseignement, il fallait juste trouver le bon tempo, la bonne fréquence, ce qui n'était pas si simple, car les jours passaient, et chaque jour était un jour de plus vers être plus vieux, et ensuite mort, je ne pouvais pas m'empêcher de me le répéter, tout en me fustigeant de « me mettre la rate au court-bouillon », essayant de contrer ces pensées délétères avec « T 1 jeun pépére / il fo ty fair », mais j'avais du mal, écrasé par l'implacable dynamique du temps, et cette absence de destin, car une fois sexagénaire, du destin, il y en avait moins, et celui qui se dessinait, on s'en serait passé, alors que le temps, lui, était compté, et donc au milieu de cet écoulement inexorablement létal, je finis par me choper le Covid. Je l'attrapai, par souci d'originalité, au fin fond de l'Islande où j'avais accompagné ma fille tourner un film. Est-ce l'atypisme du décor, fait de lave et de pierres étranges, comme venues d'une autre planète, ou la présence rôdante des Vikings, qui avaient tout de même une certaine constance pour s'être tapé le trajet depuis la Norvège et le Danemark dans des rafiots sur lesquels j'aurais hésité à monter même sur la fausse rivière d'Eurodisney, toujours est-il que lorsque la fièvre s'abattit sur moi, je basculai dans un état second, désagréable bien sûr, j'étais épouvantablement malade, mais pas complètement dénué d'intérêt. Car j'eus l'impression que la roue du temps, justement, s'arrêtait. Qu'elle n'existait plus. C'était d'autant plus paradoxal qu'en tant qu'hypocondriaque, j'aurais dû être aux cent coups, le Samu à portée de main, un pied dans la tombe, broyant du noir sur ma fin cette fois imminente. Il n'en fut rien. Il se passa même l'inverse, j'eus le sentiment de tomber, littéralement, dans une autre dimension, où le temps était moins important. Peut-être était-ce simplement dû au fait que, malade, je m'autorisais quelques jours de relâche, me mettant aux abonnés absents : « Désolé, j'ai le Covid, et c'est hyper violent. » Toujours est-il que mon horloge de temporalité, et le stress qui allait avec, se modifièrent sensiblement. Nous étions au moment du solstice, dans une chaleur accablante, je grelottais de fièvre, un sort malin avait introduit dans ma gorge des lames de rasoir m'interdisant toute déglutition, je n'en avais cure, tel un ravi de la crèche, j'acceptais mon destin, j'étais vieux, et alors ? Pas autant cependant que le sable sur lequel je marchais, que les vagues qui ondulaient sur l'océan, que les étoiles qui, même si on ne les voyait plus depuis les toits de Paris, brillaient chaque soir dans le ciel. Je n'étais en fait plus ni vieux, ni jeune. Je flottais dans une bulle de non-âge, je me riais de l'inexorabilité de ma nouvelle destinée, en fait je m'en fichais, et pour couronner cette nouvelle posture – qui n'en était pas une, je le sentais, mais bel et bien un changement de paradigme – non seulement je ressuscitais, mais en prime je le fis en compagnie des Rolling Stones.

En tant que boomer assumé, je confessais sans honte une sympathie particulière pour les Stones. Disons-le ; c'était même le seul groupe dont j'avais été fan, j'avais entendu pour la première fois *Satisfaction* à l'âge de huit ans, mes parents avaient acheté le quarante-cinq tours, qui était passé, grésillant, sur l'électrophone, et cela m'avait suffisamment électrisé pour que cinq décennies plus tard je sois encore sous l'emprise du riff de Keith et de la voix de Mick. J'avais donc vécu comme un coup dur de plus la mort de Charlie Watts, qui, additionnée à celle de Giscard, rajoutait une pelletée de funeste au récit des jours présents. J'avais quand même pris des billets pour ce qui pouvait bien être leur « dernière tournée » et, bien décidé à jouer le jeu, j'étais allé les voir à Londres, à Hyde Park, histoire d'avoir un dernier souvenir marquant, putain j'ai vu le dernier concert des Stones chez eux, et bien m'en prit. Ô mes sœurs et mes frères, savez-vous que Mick ce soir-là relégua définitivement la vieillesse au rang des concepts erronés et des légendes urbaines ? Il allait avoir soixante-dix-neuf ans dans quelques jours, et sortait d'une séquence de Covid. Oh my God ! Cela fut tout simplement une épiphanie. Vieux ? Vous rigolez. I can't get no, satisfaction ! Et qui ne peut pas obtenir satisfaction continuera de sautiller comme un lapin au moins jusqu'à quatre-vingts ans, c'était tout simplement une évidence.

19

C'était un chouette état, en fait, d'être vieux, tout en ne l'étant pas vraiment. Il y avait plein d'avantages. À commencer par ce détachement qui était en train de s'installer, qui montait comme une vague tranquille à certains moments de la journée. Une fois réalisé qu'on n'allait pas devenir plus beau, mais au contraire plus moche, que notre corps n'allait pas se sculpter brusquement de pectoraux envoûtants et de tablettes de chocolat à faire pâlir Tarzan, mais gentiment se déliter pour se rapprocher d'un tableau de Bacon, que les stagiaires auraient du mal à vous tutoyer et que de toute façon on était grand-père et qu'il y avait un temps pour tout, l'ensemble prenait la forme d'un dessin cohérent. C'était dans l'ordre des choses, et cet ordre, comme ces choses, était notre lot. Nous pouvions le changer, et nous avions déjà pas mal accompli de progrès sur cet étrange chemin – l'allongement de la durée de la vie en quelques siècles était impressionnant – mais pour nous, boomers, les carottes étaient cuites, notre corps physique ne connaîtrait pas la jeunesse éternelle, ne reviendrait pas courir dans les prés en contant fleurette à une autre jeunette centenaire. Certes il y avait pléthore de recherches, d'articles, de déclarations fracassantes, indiquant que cette maladie ignoble dont nous souffrions, la vieillesse, serait un jour guérie, mais ce n'était pas non plus pour demain. Ce qui semblait quasi certain c'est que mes petites-filles, née post-2000, vivraient probablement en pleine forme les doigts dans le nez jusqu'à cent ans. Mais pas non plus qu'on deviendrait immortel. Le fonctionnement intrinsèque des cellules *a priori* ne le permettait pas. La finitude semblait quoi qu'il en soit une constante. Les étoiles, comme les croûtons, finissaient par tirer leur révérence. Donc, comme cela, une jeunesse si ce n'est éternelle, du moins préservée jusqu'à cent ans, comme une immortalité de mon enveloppe charnelle, était de toute façon un futur qui ne me concernait pas. Je préférais me concentrer sur cet état flottant, oui, vieux, je kiffe en fait, tu peux pas savoir à quel point c'est cool, j'ai l'impression d'être dans une petite bulle de douceur, en accord, voilà, je crois que c'est ça, en accord avec le monde, avec mes cellules, destinées pourtant à s'autodétruire, avec mes tendons qui se rigidifient, mon corps qui se décrépit, et ma mémoire, si tu savais, ma mémoire devient un truc merveilleux, je peux éprouver au choix de la nostalgie, me rappeler tout ce que j'ai fait, et triper dans le passé, ou au contraire zapper, penser au futur, et ce futur n'existe pas, je vais juste me fondre, poussière j'étais, poussière je redeviendrai, ashes to ashes, sable sur la plage, combien de marées, de rotations de lune, de tempêtes et d'accalmies, pour que tout ce qui avait été de la vie, poissons, coquillages, êtres de toutes sortes, devienne ces minuscules grains liquides glissant entre nos doigts ? Des éons. Alors ma vie là-dedans, à peine un souffle, quelques molécules d'air. C'était incroyable d'ailleurs de l'imaginer, l'air que j'ai respiré continuera de flotter, tu te rends compte, partout, nulle part, et qui respirera l'oxygène qui a permis à mes poumons cette aventure sidérante ? D'y penser me laissait rêveur, plus de place pour la mélancolie, le bad trip de la vieillesse. Juste ces questions philosophiques, consolantes, les atomes qui ont composé mon corps, où iront-ils ? Est-ce même important ? Si je devenais un nuage ? Qui le saura ? Le saurai-je moi-même ? Oui, vieillir, vu de cette façon, avait quelque chose d'envoûtant. J'en étais même à me demander si ces petits vieux et ces petites vieilles qu'on voyait assis sur une chaise ou sur un banc, regardant sans broncher d'un œil vide les voitures passer, image qui m'avait toujours filé un bourdon du diable, ne vivaient pas une expérience hors du commun, leurs flux neuronaux en free style, se mêlant au flux de la vie, souvenirs et flots de circulation entrelacés dans un ruban sans fin, sur lequel s'inscrivaient peut-être, sans qu'ils arrivent cependant à le mentaliser, les mystérieux secrets de l'existence. Si, vieillir recélait peut-être quelques surprises intéressantes, je commençais à en être presque convaincu. Le seul ennui, quand même, il fallait bien qu'il y en ait un, concernait mes points retraite. Ils étaient moins importants que les grains de sable que pouvait contenir la paume de ma main. Beaucoup, beaucoup moins. Et ça, j'avais beau faire, cela avait tendance à me faire déplaner.

20

On en revenait donc toujours au même point, cette chose agaçante au possible : les contingences matérielles. Quelle inadmissible bévue avait commise l'univers pour nous imposer de si grossières obligations ? Mais pourquoi donc ne vivions-nous pas d'amour et d'eau fraîche ? Dans une telle configuration sociétale, j'aurais aisément trouvé ma place de senior, égayant mes semblables de poésie et de prose, tissées de mystères, de plaisirs et de joies. Mais nous en étions loin. Chaque instant se ponctuait d'injonctions à payer, toujours payer, comme si notre but ultime, notre raison d'être était de pédaler comme des tarés dans une roue à hamster, pour recevoir une pièce qu'on redépensait de l'autre main, permettant à une autre roue de tourner, qui elle-même… générant un système de plus en plus fou, *Metropolis* de Fritz Lang, la Comté à la fin du *Seigneur des Anneaux*, de la fumée, des usines. Dès que j'avais l'impression de sortir la tête hors de l'eau, de nouveaux trucs à payer surgissaient, une facture chassant l'autre. J'avais beau être dans le zen, l'acceptation, si, vraiment, je te jure, vieux j'adore, c'est un hyper trip, j'avais quand même une petite anxiété latente. C'était loin d'être easy. Pas la cata, mais un peu opération corde raide, pas de visibilité, indé tu es, indé tu resteras. Pour preuve, tous ces papiers que j'avais à droite à gauche auraient dans l'Ancien Monde suscité au minimum des textos, des remarques élogieuses, des félicitations énamourées, ne serait-ce que de mes proches. Ce n'était pas le cas. Tout le monde s'en foutait. « Ah oui, je crois que j'ai vu passer un truc dans *Le Monde*, ou c'était *Le Figaro* ? Au fait, tu as vu la dernière série sur OCS ? Ils ont mis quinze millions de dols par épisode. » J'étais bien un joueur de clavecin sinistré, et dans un monde où même les as du synthétiseur avaient du mal à se sortir la tête hors de l'eau. C'était tendu de partout, on le sentait. Pas de répit, la rentabilité restait le mot d'ordre, et rentable, même si mes livres se vendaient un peu, je ne l'étais pas assez. Pas suffisamment en tout cas pour qu'on me fiche la paix, et qu'on me verse une rente.

– Mais avec tous les trucs que tu fais, tu n'arrives pas à avoir un peu de sécurité ?

– Si, mais ça me fait flipper de penser que je pourrais ne plus être bankable demain.

Car bankable *ad vitam*, personne ne l'était vraiment, en tout cas pas sur le long terme. Ce qui marchait un jour pouvait floper le lendemain, et tout le monde le savait. Rien n'était stable, tout était incertain, comme la marche du monde, comme le temps qu'il ferait la semaine prochaine, et si la course des étoiles dans le ciel paraissait conjurer cette anxiogène constatation, on savait depuis Hubble et ses collègues que ça aussi c'était de la flûte. Le chaos était partout, dans la matière noire, dans l'énergie sombre, dans les trous noirs qui parsemaient les galaxies, dans ces corps stellaires qui quittaient leurs orbites pour foncer on ne savait trop où, dans d'autres univers, encore plus loin ? Alors ma situation là-dedans, si je ne m'en souciais pas personnellement, il y avait gros à parier que personne ne le ferait à ma place. D'autant plus que j'étais entré, à mon corps défendant, précisons-le, dans une nouvelle catégorie, honnie soit-elle, du mâle blanc dominant, boomer qui plus est, donc je cumulais les handicaps. Je m'étais fait bouler de deux projets – des biopics de personnages féminins – sous prétexte que… je n'étais pas une femme.

– Tu comprends, les gens ont soif de légitimité. Un homme ne pourra jamais écrire avec le point de vue d'une femme. En tout cas pas en ce moment.

Un autre parce que je n'étais pas noir.

– Intéressante ta série sur l'Afrique, mais on ne peut pas défendre ce genre de projet écrit par un Blanc.
– Non ?
– Non.

Un moment j'avais pensé à militer pour que mon statut de MBD rejoigne celui des minorités opprimées, que je puisse moi aussi bénéficier de l'intersectionnalité, et être considéré comme une victime, tout simplement, un pauvre vieil artiste indé que le système avait essoré, mais les minitests que je lançai autour de moi firent pschit. Le temps n'était pas encore venu de passer de bourreau à victime. Pas un jour sans que n'explosent à la face du monde consterné les turpitudes de personnalités qui avaient brillé sur le devant de la scène, des héros de l'écologie, des présentateurs-vedettes, assorties de récits atterrants. Du coup, si au détour d'une conversation on avait le malheur de glisser que ben non, nous on n'avait violé personne, nos interlocutrices nous regardaient avec cet air désolé, un peu comme un policier contemple, accablé, le coupable que tout désigne brailler son innocence du fond de la cage de garde à vue. Malgré ce contexte défavorable, je continuais à espérer une intervention divine. Un geste du ciel, un coup de pouce qui me permettrait d'écrire un roman sans fin, des millions de signes, avec des phrases longues, longues, peu de points, des virgules, une cascade de mots à toute allure, et tant pis si les lecteurs en avaient le souffle coupé et la tête qui leur tournait, et aussi de la poésie, que je ferais imprimer sur du carrelage – ça coûtait une blinde – et que je placarderais sur les murs de Paris comme des mots croisés que tout le monde lirait du coin de l'œil en s'engouffrant dans la bouche de métro à Ledru-Rollin, en montant dans un Uber à l'angle Pernety-Plaisance. C'était dérisoire, enfantin, j'en avais tout à fait conscience, mais de toute façon qui pouvait dire ce qui l'était ou ce qui ne l'était pas ? Je m'étais créé un compte sur La Française des Jeux – FDJ.fr – et je jouais à EuroMillions, les sommes effarantes que l'on pouvait gagner me plongeant dans des fractions oniriques apaisantes, comment répartirais-je 230 millions ? Ou 50 ? J'avais plus de facilité avec 50 ;

230 cela devenait un autre genre de charge mentale. Mais cela m'apaisait pour de bon. J'étais vieux, je l'acceptais, et virtuellement riche, au moins pour quelques heures, le temps qu'une absence de mail me fasse redescendre de mon nuage doré – FDJ envoyait un mail lorsqu'un gain était au rendez-vous, en général j'avais Bravo Vincent, vous avez gagné 2,80, c'était peu, mais déjà ça, le signe que le destin ne m'avait pas totalement oublié. D'ailleurs il ne m'oubliait pas. En plus de mes œuvres complètes nominées au Goncourt, j'avais été coopté pour être chevalier.

– Pardon ?
– Chevalier de l'ordre du Mérite. On voudrait vous proposer, pour vos services rendus à la Culture, mais il faut que vous soyez d'accord.
– Et j'aurai un cheval ?
– Non, mais vous serez chevalier.
– Mais avec les Haras nationaux, si on est chevalier, il n'y a pas des accords ?
– Je ne sais pas. Il faut que je me renseigne. Moi je m'occupe juste de valider les inscriptions.

Je n'en avais plus entendu parler, et je m'étais dit qu'ils avaient dû tomber sur la vidéo de Konbini, avec mes gatwichs, et que le truc s'était perdu dans les limbes, un chevalier en train de se droper des gâteaux au cannabis parce qu'il a de l'arthrose, ça klaxonnait moyen. Mais en fait si, un jour un bon ami me signala que mon nom apparaissait dans la liste publiée au *Journal officiel* « pour trente ans au service de la Culture » ou quelque chose de ce genre, et d'habitude je trouvais le monde plutôt injuste, et ce jour-là je me suis dit que pour une fois non. Évidemment je m'en fichais de recevoir mon collier de nouilles, je n'allais pas déambuler dans le TGV, ma rosette à la boutonnière, mais n'empêche, je trouvais ça justifié. J'étais donc un Jeune Pépère Chevalier, quand le sort vint frapper à ma porte.

Disons-le, ami lectrice-eur, quand cette séquence survint, aussi improbable que l'irruption du père Noël pendant une canicule d'été, ce journal intime était quasi terminé. J'avais rempli mon contrat, celui que j'avais passé avec moi-même, devenir un Bon Vieux, c'est-à-dire un vieux bien avec ses taches sur les mains et ses centimètres qui se rabougrissaient. J'avais accédé à cet état de quiétude qui faisait de moi un modèle possible pour de futurs autres Jeunes Pépères et Pépèrettes – le côté c'est aussi un guide de développement personnel, que j'avais vendu à mon éditrice. L'objectif était atteint. Mais preuve en était que l'aventure est toujours au coin de la rue, et surtout qu'elle n'a que faire de l'âge de vos artères, un type du séminaire des *Échos* me recontacta, et là, accrochez-vous, car je faillis pour de bon devenir très riche, et très influent.

21

De la même façon que le Covid m'avait pris au dépourvu et fauché en plein envol dans mes projets de Nouvelle Religion, de Roman Porno et d'Académie Française, le coup de fil de François-Alexis me repropulsa dans des rêves d'entreprises, réanimant mon appétence/ambivalence pour le capitalisme, me nourrissant de rêves de fortune, moins extraordinaires qu'un brusque gain à EuroMillions, mais peut-être plus amusants, et finalement presque plausibles. Et si, maintenant que je n'étais plus vraiment vieux, mais un Jeune Pépère, plein d'allant, j'occupais mes journées, pourtant déjà bien remplies, de bizness models et de stratégies financières, que j'écrive un Grand Roman de l'Argent dans la Vraie Vie, dont je serais l'instigateur et le bénéficiaire ? C'est ce dont il était question. F.A. me l'expliqua sans détour.

– L'idée c'est de créer une narration autour des vieux qui soit cohérente pour les investisseurs, mais là-dessus je vous fais confiance.

Était-ce le gage d'une nouvelle dimension qui s'ouvrait à moi, d'un monde dans lequel on me donnait la possibilité de pénétrer, mais moi qui avais non seulement le tutoiement facile, mais que le voussoiement mettait mal à l'aise, je me fis facilement à ce nouveau paradigme : nous nous disions vous, aussi bien avec P.A., qu'avec ceux à qui il me présenta (les investisseurs). En tant que dialoguiste, cette tournure dans les échanges m'avait toujours intrigué. Par exemple dans l'univers de la politique, où des personnalités de même âge, de même formation et même d'inclination commune continuaient manifestement à utiliser le voussoiement, même après avoir travaillé ensemble, président et ministre par exemple. Je trouvais cela surprenant. Mais je le pris comme une marque de maturité, allant de pair, probablement, avec mon nouveau statut. Peut-être qu'avec mon tutoiement systématique, j'étais resté un adulescent, idéaliste et artiste, et que, maintenant Jeune Pépère et vouvoyant, les choses étaient pliées, et dans le bon sens ? N'y avait-il pas eu ce vouvoiement de la stagiaire, qui avait été le premier signal d'alerte d'un changement définitif de temporalité ? Peut-être aurais-je dû en tenir plus compte, et dès ce moment me rendre à l'évidence, il fallait troquer mon short en jean et mes sandales Décathlon contre un pantalon mieux coupé et des Bexley bien cirées, moins me soucier de ce sillage artistique que j'essayais envers et contre tout de produire, en réponse à ce monde si souvent incompréhensible, et plus me fondre dans un écho plus basique, dont le vouvoiement et la recherche de profit étaient des valeurs stables.

– Je peux l'écrire sous la forme d'une petite nouvelle ?
– Il nous faudra plutôt un power point.

Je n'avais aucun problème avec l'idée de faire des dossiers de présentation. J'en faisais constamment pour mes projets audiovisuels. Mais là il s'agissait quand même de penser une nouvelle option de vie pour les seniors – il s'agissait de ça, de pondre une propal forte (et équitable) à destination de l'or gris –, et dans un cadre qui ne sente pas trop la cupidité. La littérature, dans ce qu'elle avait d'« humain », me paraissait tout indiquée. Mais non, point trop n'en fallait. On ne pouvait pas demander à des gens dont la fonction était de gérer des centaines de millions, voire des milliards, afin que cette masse d'argent croisse et se multiplie, d'apprécier la poésie et le romanesque contenus dans une nouvelle littéraire.

– En revanche, que cette nouvelle soit inspirante et vous permette de déployer un récit attrayant, bien entendu, c'est ce que l'on attend de vous.

Je ressentis ce moment imprévu comme une virgule de plus dans mon continuum spatio-temporel, comme si un gentil génie m'avait attrapé par le bras et m'entraînait dans une chorégraphie où tout était à la fois parfaitement pensé et à la fois rempli de surprises. Quand F.A. m'avait relancé sur cette histoire de « projet vieux », n'y voyant pas malice, je m'étais un peu lâché, plus que pendant le séminaire, parlant clairement de cette histoire de religion, expliquant qu'il fallait un « récit » fort, et que les boomers avaient pour eux d'avoir côtoyé un moment, l'acmé des trente glorieuses[1] où l'on avait flirté avec une utopie plaisante, le flower power, suivi de son naufrage, le punk, et même si j'étais bien placé pour savoir que cette utopie n'avait rien concrétisé de tangible, que les années soixante, soixante-dix, quatre-vingt, avaient été tout sauf un paradis sur Terre, cela avait produit de la nostalgie, qui pouvait d'une part faire l'objet d'un narratif cohérent, et d'autre part servir de base au projet, à cette « nouvelle religion », qui justement pouvait reprendre ce qu'avaient prôné les hippies, aimez-vous les uns les autres, montrez vos nichons en fumant des joints, laissez-vous pousser les cheveux, et faites enfin les fous, en vous souciant comme d'une guigne de ce carcan de convenances qui nous étouffait. Cette punchline ne parlait pas à des jeunes, bien sûr, mais à des vieux qui gardaient ça dans un coin de leur tête, dont la majorité n'avaient pas osé être hippies, et finalement le regrettaient un peu, cela pouvait faire tilt.

– Donc on jouerait sur la nostalgie, tout en proposant une formule permettant de réinventer le meilleur d'un passé resté à l'état d'utopie ?

– C'est à peu près ça. Ma plus-value là-dedans serait de créer la justesse et la cohérence de ce monde.

---

1. Les « trente glorieuses » couvrent la période allant de la fin de la guerre, 1945, à 1975, le premier choc pétrolier, où les pays occidentaux ont connu un essor de leur prospérité significatif. Donc elles ont été l'arène dans laquelle les boomers ont effectué leurs premier pas.

Si F.A. m'avait recontacté, c'est qu'un scandale de taille venait d'éclater au grand jour. Ce scandale était sorti sous la forme d'un livre qui avait fait grand bruit, et, signe du destin, paru chez le même éditeur qui allait publier ce journal intime. Une enquête au scalpel sur la façon dont les vieux étaient parqués dans des mouroirs, pendant qu'on suçait leur pèze, à eux et à leurs proches, tout en s'empiffrant par-dessus le marché de subventions. Bien sûr, tout le monde se doutait que dans certains endroits cela ne devait pas sentir la rose, mais là, pendant quelques semaines, l'horreur fut étalée au grand jour, montrée dans les médias, à longueur de débats et de plateaux télé et, oh putain, c'est ça qui attend mon grand-père, mes parents, moi-même, avec en plus cette effarante sensation d'un ballet de charognards planant au-dessus de la lente décomposition des corps, qu'on oubliait de laver, qu'on nourrissait mal, qu'on attachait, qu'on laissait souffrir. Et même si tout le monde se doutait qu'un truc de ce genre était plausible, mais que personne n'avait jusqu'à présent eu envie de l'entendre, on ne pouvait plus maintenant en faire abstraction. Ce qui impliquait deux choses. La première c'est que dans les plans des Maîtres du Monde de l'Argent – donc un peu en fait les maîtres du monde tout court, puisque le seul dieu qui nous restait était Mammon – il y avait cette grosse colonne de prévue concernant l'or gris, et qu'il n'était pas question de changer d'option, les vieux étaient une mine, pas de débat, par contre on ne pouvait pas risquer de naufrager le navire pour cause d'une gestion à court terme déplacée. Il fallait repenser la stratégie, proposer un produit plus pérenne, moins sujet à controverse. « Quelque chose d'honnête, les familles payent, mais elles veulent avoir la certitude que leurs anciens seront traités décemment, en gardant bonne conscience. Car personne ne met de gaieté de cœur ses parents dans une institution spécialisée. » La deuxième chose était les boomers eux-mêmes. Pour l'instant on parlait de leurs parents, mais les prochains concernés – les prochains clients, qu'on pourrait pressurer ah, ah –, c'était eux. Et les boomers n'étaient pas fous. Ils savaient additionner deux et deux. Beaucoup, c'était évident, allaient mettre en place des plans B, allaient imaginer des solutions alternatives, ne se laisseraient pas pousser dans la fosse à grabats facilement. C'est là que nous pouvions intervenir.

– Ce que nous attendons, ce sont des propositions disruptives. Voire expérimentales, qu'on puisse d'abord tester, puis dupliquer.

Je me rendis assez vite compte que c'était sérieux, et aussi que toutes les réflexions qui m'avaient animé au cours de la rédaction de ce journal pouvaient porter leurs fruits. J'avais pensé à proposer un concept fort, le D-VIEILLIR, permettant de se jouer de cette gangue délétère qui vous tombait dessus en même temps que la carte Senior, en « déconstruisant » ce concept morbide – et inéluctable – de vieillir, qu'il paraissait aller de soi de corréler à la montée en classe d'âge. Mais ce n'était pas suffisant. Ce que voulaient les investisseurs, c'était du concret, une offre en dur qu'on puisse vendre à grande échelle, pas du cosmétique, pas un podcast ou une appli. On parlait de millions de corps fragilisés et d'esprits potentiellement chancelants à gérer, de familles aux abois, sans solutions, un tunnel noir devant nous, pas d'issue si ce n'est les aigrefins. J'avais tournicoté avec des concepts plus ou moins fumeux, par exemple une nouvelle dénomination de la vieillesse en « un temps particulier qui nous était donné », mais c'était trop bullshit, du coup, écoutant les conseils de P.A. qui m'extorquait à me « lâcher » : « mais si, ne vous interdisez rien, il faut sortir des sentiers battus, ce sont des propositions que personne n'attendait qui ont fait les hits que l'on connaît. Regardez Musk, il n'a aucune limite », je virai ma cuti et, comme pour un de ces scénarios ou un de ces romans « un peu barrés » que j'affectionnais, je laissais libre cours à ma créativité. C'est ainsi, empreint de disruption, d'imaginaire décomplexé, dans un monde où les vieux vivraient heureux, sous le regard illuminé d'un milliardaire aussi fou qu'inspiré creusant des tunnels hyper loop, des fusées low-cost et des voitures électriques, que naquit le Projet La Bourboule.

– La Bourboule ? Ce n'est pas dans le Puy-de-Dôme ?
– Si je crois. C'est un truc de cure pour les vieux.

Tout s'était enclenché de façon rocambolesque. À l'anniversaire d'un type qui devait financer un film que j'avais en chantier avec une chanteuse de gospel, j'avais fait de la barque sur un affluent de la Marne dans une sorte de jungle périurbaine, des silures sautaient autour de nous, et le gars avec qui je m'étais retrouvé s'occupait de solder des biens que les banques récupéraient quand les emprunteurs n'arrivaient pas à rembourser leurs crédits. Il avait une super affaire à La Bourboule. Je ne connaissais pas La Bourboule. Je n'avais pas gagné à EuroMillions. Le Roman Porno avait fait long feu. L'Académie également. La start-up était dans les tuyaux, mais il y avait peut-être encore une marge avant que je déjeune avec Elon Musk, en nous tapant sur le ventre de notre mutuelle réussite. Tandis qu'acheter une bonne affaire à La Bourboule, pour la louer, somme toute pourquoi pas ? Considérant que le destin m'ouvrait peut-être une nouvelle opportunité, j'avais pris le train le lendemain matin, le type m'avait donné les clefs, il s'agissait d'un immeuble de six étages, une ancienne pension de famille transformée d'abord en studios, puis rachetée par un type qui voulait en faire des apparts pour les curistes et qui s'était crashé. Les biens proposés par mon nouveau contact s'affichaient toujours dans ce genre de configs, des projets qui avaient sombré, des yeux plus gros que le ventre, une mauvaise évaluation, un divorce rendant caducs les rêves de rénovation, que sais-je, et ce qui m'inquiétait, en récupérant ma voiture de loc à Clermont-Ferrand, c'était l'incidence karmique que pouvait contenir pareille acquisition, je me voyais déjà avec des fantômes de familles ruinées, des images néfastes me poursuivant, et j'étais donc, après le voyage en train chaotique depuis Paris, pas un TGV, mais un tortillard qui mettait des heures, dans un état d'esprit plutôt entre deux eaux, me demandant ce que je venais faire là. En débarquant à La Bourboule, j'étais encore dans cet état bizarre, comme s'il allait se passer quelque chose, mais je ne savais pas quoi. En tout cas pas acheter l'immeuble, je le sus avant même de l'explorer – il s'agissait bien d'une exploration, la cage d'escalier était envahie de ronces –, mais peut-être autre chose, qui se concrétisa assez vite. Car plus je m'enfonçais dans les antres de la ruine (c'était bien une ruine, il y avait des trous dans le toit, la bâtisse n'était plus hors d'eau, on pouvait craindre l'effondrement) et plus j'étais assailli d'images. Cette maison qui avait dû faire la gloire de son bâtisseur – elle était structurellement magnifique, en pierre, ce qui expliquait qu'elle ne se soit pas encore écroulée – était inspirante. Une allégorie de notre rapport à la vieillesse. On voyait presque strate après strate comme elle avait doucement glissé d'abord avec un mauvais goût crasse vers le mercantilisme, puis la division des étages en ministudios, les placards en toc et le lino bon marché, qui avait recouvert les magnifiques carrelages et les planchers de bois massif, pour finalement s'enfoncer sans espoir de retour dans la décrépitude. Tout cela produisit un tourbillon de pensées et d'idées qui perdura une fois revenu à l'air libre, tandis que j'engageais la conversation avec le serveur de la brasserie Le Comptoir Cyrano, qui me confirma que La Bourboule était bien une ville de vieux, mais en déclin. Au temps de sa gloire – qui était encore visible, tout le centre autour de la rivière était incroyablement préservé, hyper joli, presque intact – on affluait de toutes parts, les pensions de famille, les hôtels, les meublés, débordaient de curistes, venus profiter des eaux et du climat, se régénérant par le fluide tellurique des volcans, le grand air et la beauté des reliefs.

– Mais c'était un autre monde, maintenant on compte plutôt sur le tourisme vert.

– Et des immeubles comme celui que j'ai visité, il y en a beaucoup ?

Les pancartes « À vendre » fleurissaient sur les façades.

– Plein. La moitié de la ville est à vendre. La Bourboule a un gros potentiel, mais trop difficile d'accès. Je ne sais pas comment vous êtes venu, mais personne n'a envie d'acheter dans un endroit si isolé.

Les Rolling Stones ont occupé l'espace sonore à ce moment-là, avec la même chanson que j'avais écoutée en traversant la France entièrement déserte, pendant le confinement, *Living in a Ghost Town*, convoquant Mick et ses soixante-dix-neuf ans surnaturels, comme s'il dansait là, au-dessus des rives de la Dordogne, pour me montrer quelque chose, et, tel Bernadette Soubirous dans sa grotte, je vis distinctement ce que je pouvais proposer, tout se mêlant dans ma réflexion, la Nouvelle Religion pour les Vieux, les années soixante-dix, la nostalgie, une sexualité joyeuse et décomplexée, la folie du monde, de laquelle tout le monde aimerait être préservé, le potentiel qu'avait l'immeuble en lambeaux que j'avais visité, la robotisation induite par la vie moderne qui me heurtait tant, non, je n'allais pas racheter cet immeuble, j'en étais de plus en plus certain, j'allais faire beaucoup mieux, j'allais racheter La Bourboule et en faire un paradis pour les vieux.

– Wouah, un paradis pour les vieux.
– Oui, la version magique et psychédélique de l'EHPAD. Une ville entière qu'on va transformer en paradis.
– C'est juste une idée, ou tu as déjà des directions concrètes ?
– Non, c'est concret. Je suis à La Bourboule.
– À La Bourboule ?
– Tu penses que le fonds d'investissement pourrait racheter une ville ?
– Tout est possible. Cela dépend du projet. Tu as quoi en tête exactement ?

Malgré les cahots du TER, envoûté par ma propre imagination, de retour sur Paris, je formalisai la vision qui m'avait inspiré. D'abord sur le fond. Les programmes pour les vieux étaient conçus pour les tirer vers le bas. La preuve, le sinistre scandale qui avait été dénoncé récemment. Des mouroirs, la porte d'entrée pour le déambulatoire et le pilulier. Or, à soixante ans, on devenait une croûtonne et un croûton, certes, mais pas complètement non plus. Mick en était la preuve vivante. Et entre soixante et quatre-vingts, il pouvait se passer beaucoup de choses, pour peu que l'on soit encore à peu près valide, et l'un dans l'autre, c'était quand même le cas de beaucoup de seniors. Seniors qui sortaient souvent d'une vie épuisante, balisée par les injonctions robotisantes avec lesquelles on les avait brimés, programmés, pour qu'ils soient rentables, dociles, qu'ils ne se rebellent pas, qu'ils rentrent dans le moule social. Très bien, pas de problème, rien à redire là-dessus. La Machine avait ses raisons que l'individu lambda ignore. Mais était-ce encore nécessaire une fois leurs raisons d'être disparues – c'est-à-dire leur capacité à s'user la santé et l'esprit le plus souvent pour engraisser la Machine (quand ce n'était pas un milliardaire quelconque) – qu'ils continuent à s'interdire tout ce qu'ils pouvaient maintenant se permettre ? Je repensais à mon date qui s'était autorisée à s'épanouir sexuellement à plus de soixante-cinq ans. Elle avait bien raison, et elle avait pu le faire parce qu'elle n'avait que ça à faire. Aujourd'hui le vieux était de fait appelé au désœuvrement. Dans l'Ancien Monde, l'Ancêtre devait tenir son rôle jusqu'à la fin. Se targuer du statut d'Ancien n'était d'ailleurs pas donné à tout le monde. L'âpreté des âges farouches, ajoutée à une sélection naturelle impitoyable, en faisait des élus précieux, recherchés pour leur savoir et leur expérience. Mais cet arc, avec la naissance de l'ère moderne, et pire, l'avènement du numérique, s'était diaboliquement inversé. En un clic, on en savait beaucoup plus sur la chasse au mammouth que tout ce qu'aurait pu nous raconter la collection de débris qui moisissait dans les EHPAD, ou votre grand-tante Mireille. Ainsi, et c'était bien triste, même en ayant été des as de la prédation mammouthienne, les vieux étaient forcément dépassés. C'était intrinsèque à leur condition. Ils ne pouvaient pas rivaliser avec les robots, avec l'IA, avec Google. Au fil des années, leurs seules options étaient de devenir cet épouvantable boulet, coûteux en temps, en argent, et surtout en moins-value psycho-affective. « Quoi, ce père que j'ai admiré, cette mère que j'ai chérie est devenue cette loque en début de putréfaction qui me coûte un bras chaque mois, geint sur ma messagerie et galère pour installer Whatsapp ? » Entre les Vieux et la Machine, la Machine avait gagné. Formulée de cette façon, une clef dynamique du projet jaillissait. Les Vieux en opposition à la Machine ! Les Vieux en opposition à l'oppression. Les Vieux en opposition avec TOUT EST INTERDIT. Les Vieux par contre en phase avec C'EST MAINTENANT (ou jamais) QU'ON PEUT SE CHÉLA.

– Ce serait la baseline ?

– Le sous-texte, oui. L'appel vital d'un paradis à créer. Imaginez une ville…

… une ville comme La Bourboule. Pleine de charme. Rénovée avec goût, sensibilité, mettant en valeur les bijoux d'architecture Belle Époque, en y rajoutant une touche de SF, énergétiquement autonome, bourrée d'apparts, de lofts, de petites maisons, d'espaces charmants, et réservée à… des seniors. Mais pas n'importe quels seniors. Du boomer. Du prêts à (un peu) transgresser. À s'éclater. Des boomers pas contre faire la fête avec l'esprit de Woodstock ressuscité – le vrai, pas le fiasco livré aux énergies diaboliques de 1999, quand les organisateurs avaient voulu s'en mettre plein les poches en faisant un revival qui avait tourné à l'horreur, il y avait un doc sur Netflix dessus, un cauchemar. Des cools. CSP +, ouverts, avec un peu de tunes. Mais qui, n'ayant pas fait suer le burnous de leurs concitoyens, et donc n'étant pas milliardaires, se retrouvaient avec une retraite insuffisante pour mener la grande vie. Mais une retraite pas nulle non plus, suffisante par contre pour participer au pot commun d'une ville qui leur serait dédiée, où tout serait prévu pour que cela soit la teuf en permanence, de la culture, des expos immersives, des livres en veux-tu en voilà, du yoga, de la méditation, de la réflexion, de la danse, des ouvertures sur une sexualité fun…

– C'est-à-dire ?

– Avec des ouvertures sur d'autres approches, le Tantra, des échanges possibles.

– Ça risque d'être un peu border, non ?

– L'idée c'est que tout est permis, dans le respect de l'autre, et de soi-même. Fluide, sympa.

– Mais en transgressant ?

– La zone interdite est remplie d'absurdités, tout le monde le ressent, là c'est juste le Surmoi à qui on demande de relâcher un poil la pression.

– En lâchant la bride au Ça ?

– Non, encore une fois, il ne s'agit pas d'une communauté expérimentale de hippies carte Vermeille, mais de profiter de ce « temps qui nous est donné » pour enrichir son expérience existentielle. On y bénéficie d'une infrastructure qui gère tout, tout est gratuit, restau, animation, culture, logements…

– Tout ?

– Oui, à l'intérieur de la ville, plus d'argent. C'est free.

– Ils payent donc un forfait ?

– Oui, le même pour tous, la seule variation est fonction du logement, plus ou moins grand.

– Avec un ticket moyen autour de combien ?

– Le modèle économique table sur trente mille vieux à échéance de cinq ans, à 3 000 euros par personne, 6 000 pour un couple.

– Ce qui fait 90 M€/mois !

– Oui. Sachant que par exemple, Clamart, qui est une ville du double d'habitants a un budget moyen d'environ 125 M€ annuels, avec des infrastructures beaucoup plus lourdes. Là on a 90 M qui rentrent chaque mois, pour un budget de fonctionnement qui ne doit pas dépasser les 10 M.

Le silence qui suivit l'énoncé de cette opération m'indiqua que nous arrivions au moment clef. D'un côté, cette opération hypnotisante, une rivière d'argent, avec un investissement pérenne, puisque ce serait de l'immobilier, rénové, et donc pas du vent, mais de la pierre, et un modèle économique qui pouvait cracher du profit, en étant vertueux, avec, si cela marchait, l'idée d'en faire une franchise dans le monde entier. Et de l'autre des concepts qui pouvaient choquer. Le premier à parler fut celui qui manifestement ne se projetait pas trop dans le stage de Tantra.

– Clairement, le projet n'est pas dénué d'intérêt, c'est le côté transgressif sur lequel je tique un peu.

Mais là, coup de bol, les autres, dont F.A., à qui j'avais pitché le truc en long et en large, et qui était à fond – « c'est ça que j'attendais de vous, du disruptif, c'est agile, c'est novateur, c'est gonflé, c'est smart, clever, bravo ! » –, ne laissèrent pas cette ombre de doute s'installer, et s'écrièrent : « Mais justement, justement, il y a un récit, une proposition forte, moi mes parents seraient partants », « Pas que mes parents, moi cela me tenterait plutôt, le côté on prend du MDMA et on s'éclate en groupe, je dis pas non, ah, ah », « C'est évident qu'on peut toucher une cible avec un potentiel intéressant », « C'est la meilleure idée sur l'or gris que j'ai entendue depuis que je suis le dossier », et d'autres commentaires du même ordre. Inutile de dire que je buvais du petit-lait. Sans compter que dans les jours qui suivirent, non seulement F.A. et ses potes avaient lancé l'artillerie lourde pour étudier en détail la faisabilité du projet, La Bourboule, oui pourquoi pas, mais si ce n'était pas faisable, on pouvait aussi imaginer de délocaliser, dans des pays où il faisait beau, le Portugal par exemple. Tout était envisageable, mais là où cela devint totalement décoiffant, c'est qu'un des investisseurs, en parlant à un de ses amis, qui connaissait aussi mon éditrice – elle avait plus ou moins un pied dans la politique –, ouvrit le jeu sur les élections. « Les élections ? » « Oui, les présidentielles ! » Et de fil en aiguille, une idée folle se dessinait. Nous étions en pleine campagne électorale, tout était incertain, l'hystérie prédominait, un type sorti de nulle part, un ancien journaliste au discours populiste et délétère était annoncé comme pouvant créer la surprise, le flip rôdait dans les états-majors, et les vieux étaient un sujet, les retraites, les vieux, les mouroirs, le troisième âge, d'autant qu'eux votaient plus que les jeunes, et donc tout était bon à prendre, même 0,5 %, et mettre en avant des propals de ce type, en créant un courant, pas un parti évidemment, mais une goutte d'eau à la surface du marigot, elle aussi sortie de nulle part, avec… si, moi !, me présentant aux élections, avec le livre qu'on ferait sortir en urgence, « c'est jouable, faut que je voie avec la fab et les représentants, mais on devrait pouvoir », moi bondissant sur les plateaux télé, qui ne demanderaient pas mieux, juste après le scandale des maisons de retraite qui avait fait un tabac, et arrivant à focaliser une minuscule fraction des citoyens, pour après les remettre dans un courant positif. Quand je demandai au parti qui me paraissait être derrière mes solliciteurs si j'aurais à appeler à voter pour un candidat, ce qui m'aurait gêné, on me dit que ce n'était pas nécessaire, de toute façon je n'aurais jamais les 500 signatures, mais entre les deux tours il suffirait que le bruit coure qu'on pensait à moi pour le ministère de la Qualité Vie Seniors, ou un bobard dans le genre, et sur les 0,5 % que j'aurais fédérés peut-être une partie se reporterait sur le bon cheval, voilà, simple comme bonjour, avec cette idée de La Bourboule, j'allais devenir riche et influent, un Jeune Pépère épanoui, mes ridicules et mercantiles problèmes de tunes et de retraite enfin réglés. Je dois avouer que pendant quelques jours il parut, selon mes proches, que je fus victime d'un léger syndrome d'hubris. Heureusement, cela ne dura pas.

22

Cela ne dura pas, tout simplement, car il y eut… la guerre.

La quoi ???

La guerre. Le président russe, chez qui on soupçonnait depuis un moment un grave dysfonctionnement mental, avait décidé d'envahir son voisin, aussi simplement que si revenir à la barbarie et à la connerie – que nous avions eu un mal de chien à essayer d'éradiquer – était la chose la plus naturelle du monde.

– Mais enfin, c'est impossible.

– Si. Des chars. Des morts. Des bombardements. On parle même de l'utilisation de la bombe atomique.

– Non. C'est impossible. Il y a forcément une erreur.

– …

– Je suis un boomer. Les boomers, en plus de leurs nombreuses qualités, ont signifié la fin des guerres, l'échange et le respect entre les peuples. C'est contractuel.

Malheureusement, il n'y avait pas d'erreur. Aussi sûrement que deux et deux faisaient quatre, la guerre était à notre porte. Le projet saugrenu de racheter une ville pour y installer une armée de vieux s'adonnant aux joies du sexe libre, de la rock music et du MDMA – pour la somme raisonnable de 6 000 € pour un couple – se délita dans l'instant. Je ne sais pas si le fonds d'investissement était sponsorisé par des puissances de l'Est, ou si le bouleversement qu'annonçait cette entrée dans un monde de nouveau belliqueux était rédhibitoire pour envisager des déploiements aussi disruptifs (probablement), mais F.A. ne répondait plus. Quant à cette idée folle de moi en président, elle s'était également dans l'instant évaporée, à se demander même si je n'avais pas rêvé tout cela.

– En même temps, des vieux qui partouzent en se droguant, c'était un peu touchy.

– C'est voir les choses sous un angle étriqué. Il ne s'agissait en aucune façon d'une « partouze » avec de la « drogue », mais de revenir à des fondamentaux moins robotisants.

– Quoi qu'il en soit, tu n'aurais jamais été président.

– Qui sait…

En marchant vers chez mon éditeur, où j'avais rendez-vous pour une analyse approfondie du roman avec une nouvelle intervenante, une sensitivity reader, chargée de vérifier si rien dans mon manuscrit n'était de nature à choquer, si je respectais bien les nouveaux codes en vigueur, j'eus comme un coup de mou. Je venais, en tant que producteur, de faire la formation sexuelle du CNC, où l'on m'avait expliqué comment mener une enquête en cas de suspicion de viol sur un tournage. Me livrer maintenant à un décorticage de mon texte pour évaluer non pas s'il était de bonne tenue littéraire, mais s'il ne prêtait pas le flanc à des critiques féministes, voire pire, m'épuisait à l'avance.

– Une simple formalité, mais, tu comprends, avec le gap générationnel, certaines choses qui sont anodines pour toi peuvent être blessantes pour d'autres.

– Je comprends.

En fait, non, je ne comprenais pas. Il me semblait que j'avais toujours été féministe, que tout ce que demandaient les féministes allait de soi, que seul un vieux croûton arriéré pouvait ne pas être d'accord, mais dans le fond, comment être sûr, peut-être en étais-je un, un vieux croûton, arriéré, sans aucune conscience de sa médiocrité de croûton masculiniste. Peut-être que cette intervention allait être salutaire. Que j'en sortirais grandi.

Il ne faisait ni beau, ni moche. Le temps était mitigé. J'ai traversé le boulevard du Montparnasse désert. Il devait y avoir une manifestation en amont qui interdisait la circulation. Cela faisait un demi-siècle que je venais dans ce quartier. Cela me fila un blues terrible. Et si je créais des groupes sur le modèle des Narcotiques Anonymes ? Vieux Anonymes. Les VA ? « Tu vas à la réu ce soir ? » « Oui, je crois que j'ai une nouvelle tache sur les mains. » « Moi j'ai écouté une émission sur les non-genrés, non-binaires, et le male gaze, mais je n'ai rien compris. Je me sens largué. J'ai besoin de partager. » J'essayais de faire vagabonder mes pensées vers des cieux plus riants, mais comme par un fait exprès, elles revenaient virevolter sur le même thème. Par exemple, une interview de Carole Bouquet, dans *Le Monde*. « Quand je regarde des photos de moi à vingt-cinq ans, je me dis, mais qu'est-ce que j'étais jolie. J'en ai soixante-cinq, je dois l'accepter. » Comment cela se passait quand Carole Bouquet allait sur Adopte ? Elle aussi on lui disait, les 45 et + c'est par là, ou elle avait quand même un statut spécial ? À tous les coups non. À part pour Mick qui avait dû passer un pacte avec le diable, la célébrité ne protégeait pas de la croûtonnerie. Tout cela était bien triste. J'ai patienté dans le hall de la maison d'édition. La dame de l'accueil changeait les livres exposés. Ainsi allait la vie. De nouvelles feuilles aux arbres, remplaçant celles qui n'étaient plus. Qui elles-mêmes… Comme ma sensitivy reader n'arrivait toujours pas, je me suis demandé ce qu'elle penserait de ma théorie sur les robots. J'avais choisi, pour me saisir de la question, un angle que je trouvais original. Je ne pensais pas que nous avions créé les Machines, mais l'inverse. Qu'au contraire, les Machines nous avaient inventés. Ma théorie était que l'univers en formation, confronté à l'instabilité inhérente préexistante à la matière baryonique, avait lutté pour se stabiliser, jusqu'à créer le Fer. Cette stabilité avait alors permis tout un tas de déclinaisons, dont les Machines.

– Elle arrive dans quelques instants. Son Uber est bloqué à cause de la manifestation.

– Elle ne vient pas à vélo ?
– *A priori* non, puisqu'elle est dans un Uber.

Qui météoriquement, selon un plan causal parfait – normal, c'étaient des Machines –, se propulsaient à travers le cosmos pour achever de façonner les formes encore imparfaites se traînant sur les planètes excentrées comme la nôtre, et les rendre aptes à servir les desseins de Programmes préétablis. De joyeux et insouciants singes, prêts à s'amuser, danser, et faire les fous, nous étions-nous ainsi, quelques millénaires plus tard, métamorphosés en crétins intelligents robotisés, capables d'effectuer des opérations complexes et de remplir une feuille d'impôt.

– Je pensais que les Uber c'était quand même pas hyper écoconscient. Ils n'ont pas un problème avec l'URSSAF ?
– Ça dépend s'ils ont des voitures électriques.

C'était plausible, les premiers objets de métal avaient été forgés à partir de minerais tombés du ciel, l'Histoire le confirmait. Et les mythes et la fiction n'étaient pas en reste non plus. Du Kali Yuga, l'obscur âge du fer des Vedas, en passant par les Cylons et Metropolis, ce pattern explicatif était tout à fait repérable. C'était une explication qui en valait une autre. Et si on la retenait, cela forçait l'admiration, c'était impressionnant en termes de prodige technique, mais aussi désespérant. La Singularité, c'est-à-dire ce moment où Machines et Humains ne feraient plus qu'UN, telle que l'appelait de ses vœux Ray Kurzweil, le pape du Transhumanisme, serait peut-être, une fois mature, un truc extra, mais pour l'instant *nousleshumains* étions chaque jour de plus en plus confinés dans une boîte à sardines psychique, mue par des algorithmes, où les Machines, comme dans *Matrix*, suçaient notre force vitale, nous laissant, au bout du chemin, vieilles et vieux exsangues. La porte des toilettes, derrière l'étagère de livres, s'ornait d'un sigle que je ne connaissais pas. Je me suis demandé s'il s'agissait d'un alphabet venu d'un autre monde.

– Désolée, d'habitude je suis à vélo, mais j'ai dû prendre un Uber parce que je suis allée voir ma mère en banlieue, qui ne se sentait pas bien.
– Rien de grave, j'espère.
– Non, en vieillissant, elle fait des crises d'angoisse.

Cette façon de s'humaniser, tout en se rapprochant de mon sujet, me rassura. J'attendis qu'elle rebondisse sur mon manuscrit, qu'elle prononce quelque chose du genre : « Je vais pouvoir lui donner votre livre, à ma pauvre maman ça lui changera les idées, haha », mais elle ne dit rien, et nous primes le petit ascenseur, du coup assez proches l'un de l'autre, moi essayant de ne rien émettre qui eût pu flirter avec une vibration de mâle dominant, elle fixant le clignotement du bouton du dernière étage, où nous allions. J'ai passé en revue mon dossier autocritique. Je pensais que j'étais OK, mais j'éprouvais quand même un léger flip. Je me suis regardé dans le miroir de l'ascenseur. Mon regard était limpide. Cela faisait belle lurette que je ne regardais plus les femmes de moins de quarante-cinq ans (même avant le trauma d'Adopte), aucune envie de me faire traiter de vieux saligaud. Pas de pensées concupiscentes. J'étais casher. Vraiment. Et dans le roman, je ne vois pas ce qui pouvait coincer. C'était surtout du second degré. Nous nous assîmes face au grand bureau de mon éditrice, qui avait le manuscrit ouvert devant elle, et nous démarrâmes la séance. J'étais nettement plus inquiet que je ne l'avais prévu.

– Donc nous sommes ici pour vérifier que rien ne puisse prêter à confusion dans le nouveau roman de Vincent. Qu'aucune sensibilité ne puisse être heurtée. Et bien entendu, Chloé, ton regard va nous être précieux.

– Sans entrer dans le fond du manuscrit, sur lequel je n'ai pas à statuer, oui, il y a des passages qui sont clairement problématiques. En tout cas pour des gens de ma génération.

J'ai failli rétorquer que justement ce n'était pas pour des gens de sa génération, mais je suis parvenu à me contenir. Il pouvait m'arriver de m'emporter, et nous savons tous qu'il n'en sort jamais rien de bon.

– Tu as un exemple ?

– On fait chronologiquement, non ? a suggéré mon éditrice.

Chloé était sur son iPhone, faisant défiler les pages.

– Déjà, Poivre d'Arvor, je pense qu'on peut éviter.
– C'est où ?
– Dans le passage des taches sur les mains.
– Chapitre 5.

C'est vrai que j'aurais dû y penser.

– Je suis désolé, tu… enfin vous avez raison, Chloé. Quand je l'ai écrit, les témoignages n'étaient pas encore sortis. Mais… enfin je veux dire, tous les écrivains de mon âge connaissaient Poivre. À cause de ses émissions littéraires. Par contre, je ne connais pas Nicolas Hulot[1].
– Non ?

Son regard m'a transpercé. Je me suis senti rougir. En vrai, je ne le connaissais pas, mais j'avais été à deux sièges de lui une fois dans le TGV. Cela comptait-il ?

– Il y a aussi autre chose au chapitre d'avant. Le travelo sur le scooter, c'est impossible.
– En même temps, c'est contextualisé. Je précise bien que c'est une pensée gênante, ça me gêne de l'avoir. Je le dis.

Elle aussi avait l'air fatigué. D'avoir à expliquer l'évidence.

1. Pour les lecteurs qui découvriront ce livre lorsqu'il sera passé à la postérité, ces deux personnalités médiatiques furent accusées d'avoir profité de leur notoriété pour forcer des femmes à avoir des échanges sexuels avec eux.

– C'est bien que tout le monde participe aux changements des paradigmes délétères qui ont servi des récits aliénants.

– On peut mettre non-genré ? a proposé mon éditrice.

– Ça ne sonne pas pareil. De plus, ça induit que non-genré est dévalorisant. Mais c'est noté, je vais trouver quelque chose.

On a continué à tourner les pages de mon journal intime, l'une après l'autre, le Roman Porno d'Amour passé au crible, que j'avais lu le cœur vibrant (et la bite dressée) à ma jolie fiancée, fut mis en interrogation. « Ça donne une image du sexe vraiment binaire. » « Dans ce cas précis, plutôt triaire, non ? » Mais mes tentatives de traits d'esprit faisaient pschit. « Au fait, on a son consentement ? » « À qui ? à L. ? Heu… oui, enfin, je pense… » Dans la réalité, L. avait d'abord été émoustillée de susciter un tel élan, sexuel et littéraire, mais récemment, en relisant le manuscrit, elle avait trouvé que livrer en pâture ses fantasmes aussi crûment pouvait être contre-productif pour son activité professionnelle. « Je vais lui en reparler, qu'il n'y ait pas d'ambiguïté. » « C'est préférable. Si elle n'est pas consentante, ce serait très grave. » Quant à Pineur, et son sinistre commanditaire, le richissime P., inutile de préciser qu'ils ne passèrent pas l'épreuve. « Il existe pour de bon ? » « Plus ou moins, c'est journal intime, mais aussi littérature, tout est vrai, mais tout est faux, qu'importe que j'aie pris ce train, pourvu que les lecteurs le prennent, hein[1] ? » J'ai quand même failli balancer le vrai P., qui existait vraiment, mais je ne l'ai pas fait. Il y avait déjà suffisamment de fatwas lancées par le monde, pas la peine d'en rajouter. « C'est le genre de personne qui justifie la vigilance dont on doit faire preuve. S'il existe, il serait salutaire de le signaler. » On a poursuivi l'étude de ma grande réflexion philosophico-romanesque sur la vieillesse, la mort et même la vie, par instants j'étais pris de langueur, comme si une part de moi-même se trouvait très loin, dans une salle de bal déserte et surannée, au fin fond de l'Amérique du Sud, en train d'écouter une chanteuse nostalgique d'un amour et d'un temps disparus. Chloé n'était pas exactement sur le même mood. Mes « jeunes vieilles » semblaient tout aussi tangentes que le reste, mais là je ruai dans les brancards, arguant que moi-même je m'identifiais comme un « jeune pépère » et donc qu'il y avait parité, et dans la foulée, comme personne n'avait parlé du manuscrit lui-même, de sa profondeur philosophique, de son utilité sociétale, du cri désespéré de son littéraire-héros, « Qui, aujourd'hui, va voler ses propres livres pour réussir à exister dans ce monde impitoyable du CAC 40 ? », dans un sursaut de survie, je tentai de plaider ma cause en m'appuyant sur le fond, le fond, oui, c'est un livre qui a du fond, et un fond qui concerne tout le monde.

---

1. Pour les lecteurs ne s'en souvenant pas, il s'agit d'une citation de Blaise Cendrars, qui cloue le bec à l'éternel débat sur l'obligation de réalité de la fiction quand elle est présentée comme telle.

– Et puis, je veux dire, c'est… enfin, un cercueil coloré avec perroquets. C'est quand même une fin de vie plus plaisante qu'un mouroir tout triste. D'ailleurs, tu n'as pas eu, enfin vous n'avez pas eu les deux derniers chapitres, Chloé, mais j'ai failli devenir président à La Bourboule. Et, non, ce n'était pas qu'une partouze sous MDMA.

Chloé m'a regardé avec des yeux ronds, comme si j'étais… un peu dérangé. Elle a demandé où étaient les toilettes, et mon éditrice a dit au rez-de-chaussée, désolée, dans les étages ce sont des normales, et nous sommes restés, elle et moi, à nous regarder, à regarder ce monde qui jour après jour changeait, comme lorsqu'on réalise la rotation de la Terre dans un avion, en passant du jour à la nuit, ou de la nuit au jour, et mon éditrice a dit : « T'as vu, cela ne se passe pas si mal, et comme ça personne ne pourra venir te chercher des poux dans la tête » et j'ai hoché la tête, réalisant que ce que j'avais vu sur la porte des toilettes du rez-de-chaussée n'était pas un alphabet alien, mais un sigle indiquant « toilettes non genrées », et je me suis dit que c'était quand même fort de roquefort et paradoxal, vu le nombre d'amies à moi qui s'étaient souvent plaintes d'être obligées d'aller poser leurs fesses sur des lunettes de WC que des garçons avaient maculées de pipi, voire pire encore, et maintenant nous manifestions pour abroger ce droit d'avoir des espaces dédiés pour les femmes. C'était à ne rien y comprendre. Comment vouliez-vous qu'un pauvre vieux comme moi s'y retrouve ?

– Mais, à ton étage, tu laisses les toilettes normales ?
– …

Quand Chloé est revenue, j'ai failli tenter un dernier baroud d'honneur, avec un : « Le projet du livre c'est quand même de déconstruire l'image du – de la – senior-e pour mieux faire ressortir l'intersectionnalité dont il-elle est constamment la victime. » Mais je ne l'ai pas fait. Ça n'aurait servi à rien, et aurait sonné faux. J'étais trop loin de tout ça. Non pas que je ne sois pas d'accord avec les féministes, comme je l'ai dit ce qu'elles revendiquaient allait de soi, mais tout le décorum qui allait avec, les prises de positions, les débats houleux, les avis tranchés, ce n'était plus mon truc. C'était le privilège de l'âge, on prenait de la distance avec tout. Et puis, le gap était trop important. La première fois que j'avais entendu le mot wokisme, j'avais cru que c'était un terme de gastronomie, à cause des woks dans lesquels on faisait la cuisine. J'étais vieux, c'était ainsi. Comme Carole Bouquet, il me fallait l'accepter. Aucun intérêt à essayer de prétendre le contraire. Même de citer des « refs » qu'elle devait connaître, comme *Euphoria*[1], par exemple, ne m'aurait pas rendu plus comestible. J'ai remercié Chloé pour ses remarques. « Je pense que le roman va y gagner, je te remercie. » Mon éditrice avait l'air soulagé. Pour elle, c'était toujours un souci en moins.

1 Pour les boum en perdition culturelle, *Euphoria* est une série HBO narrant le destin désespéré d'une bande d'ados dans une petite ville des US.

– Je fais un petit polish en tenant compte des remarques de Chloé, et je te renvoie la V2.

J'ai retrouvé le boulevard du Montparnasse, le bruit des voitures, les livreurs d'Uber Eats campant sur leurs scoots, le Select, là où j'avais proposé ce projet saugrenu, quand j'étais encore un pré-vieux, un livre sur la vieillesse. Mes pensées allaient pêle-mêle, bientôt je – moi, si fringant, si aimant finalement de cette vie de fou – ne serais plus là. J'aurais pu dire la même chose à n'importe quel moment de mon existence, bien entendu, mais une fois accepté dans le clan des cartes Vermeille, cela prenait une tout autre saveur. Je ne savais pas si je devais me réjouir d'être toujours à ce point dans la prospective, d'imaginer toujours les suites possibles des actions-réactions, et de leurs conséquences, ou m'en attrister. Quoi qu'il en soit, si je devais établir un bilan, il était globalement positif. J'étais vieux, mais grâce à ce roman, ou plutôt ce journal intime, autant qu'à Mick Jagger et ses cabrioles d'octogénaire surnaturel, ce n'était plus pareil. D'un certain point de vue, je n'étais plus ni jeune, ni vieux, c'était... différent. J'ai repensé aux images atroces qui m'avaient accompagné pendant toute la rédaction. Celles dont je n'avais même pas osé parler. Un vieux film de Peter Greenaway – *Zoo*, je crois – où l'on voyait des corps, des organismes, se décomposer en time laps. Ou au travail artistique de ce photographe qui avait photographié Angela Merkel régulièrement de sa jeunesse à maintenant (on voyait la tête clownesque de la chancelière vieillir, comme une performance satirique et déconcertante). Plus j'y réfléchissais, et plus je les ressentais maintenant différemment. Ce qu'elles évoquaient n'était plus la décrépitude, mais le mouvement, une transformation, et je me suis promis, dans les formes suivantes que peut-être une partie de moi, qui ne serait plus moi, mais quand même encore un peu de moi adopterait, dans d'autres temps, d'autres espaces, d'autres planètes, de ne plus jamais avoir ce genre de pensées, de peurs, de craintes. Oui, clairement, c'était beaucoup trop flippant. Une conception étriquée. Qui manquait d'ampleur, de générosité. Et puis vieillir, la vieillesse, c'était tout ce que l'on voulait, sauf une bonne idée de roman. J'ai traversé en évitant le bus qui essayait de me foncer dessus. J'avais hâte d'arriver chez moi. J'avais l'idée d'un nouveau livre, la première phrase déjà en tête, qui pulsait bien. J'ai accéléré le pas. Il me tardait de m'y mettre.

Noise of Poor Old Man

Avoir la chance de pouvoir être accompagné, si on le souhaite, d'une musique à notre convenance, est l'apanage des boomer(euse)s. L'arrivée de l'électrophone, de l'autoradio, des cassettes, du walkman, inventé je crois par le boss de Sony qui voulait pouvoir jouer au golf en musique, puis des iPod, et enfin le tout connecté à la sonothèque mondiale grâce au numérique, a scandé la vie de ma génération, nous plaçant dans cette option incroyablement tripante : transformer sa vie en un film avec une BO ouf. Certes, nous avons peut-être perdu au passage notre capacité à chanter, mais chantait-on tant que ça auparavant, je n'en sais rien. Ce qui est sûr c'est que l'aventure musicale qui a été possible grâce au progrès technologique est ahurissante. Et en constante croissance. Car non seulement elle nous connecte à la richesse du présent, nous fait pressentir les tendances, mais elle nous permet aussi de revisiter heureusement le passé. Lorsque j'étais ado, j'étais fan de pop et de rock, mais il était impossible, à moins d'avoir un père rock critique, d'avoir TOUS les albums qui sortaient. Je me souviens avoir dû choisir (en sixième) entre *Aladdin Sane* et le double de Woodstock. L'arrivée de Spotify m'a permis un truc incroyable, non seulement de revisiter mes disques de teenager – je n'avais pas écouté Neil Young depuis des lustres – mais aussi de compléter ma culture d'ado, en découvrant, cinquante ans plus tard, tous les disques que j'avais méconnus. La playlist qui vous est proposée par Travis Collins, émérite DJ et conseiller musical, agrège des grands moments incontournables, mais aussi des perles moins évidentes. Et quand on est boomer, on est forcément, même si on s'en défend, un peu dans la nostalgie, ça peut faire une continuité sympa au livre. Et pour les non-boomers, dites-vous que c'est un truc vintage, comme ça, au cas où, vous aurez la ref.

shorturl.at/BDGN6

REMERCIEMENTS

L'auteur remercie en premier lieu Valérie, qui n'a pas ménagé sa peine, comme d'habitude, pour rendre ce livre lisible.

Isabelle Saporta, bien entendu, sans qui ce livre n'existerait pas et dont les judicieux conseils ont porté leurs fruits.

Toute l'équipe des éditions Fayard, et particulièrement Jean-François Dauven, qui a accompagné de ses remarques toujours pertinentes le manuscrit, Clément Braun-Villeneuve qui en assure la communication auprès de la presse. Patrick Tanguy pour sa spectaculaire couverture et René Clémenti pour ses corrections attentives.

Travis Collins, dont les suggestions musicales ont participé à l'écriture de ce livre.

L'équipe médicale de la clinique Arago qui m'a permis de recourir tous les matins, et ainsi d'éloigner pour quelque temps encore le spectre hideux de la décrépitude.

Cet ouvrage a été imprimé en France par
CPI Brodard & Taupin
Avenue Rhin et Danube
72200 La Flèche (France)

pour le compte des Éditions Fayard
en décembre 2022

Photocomposition Belle Page

PAPIER À BASE DE FIBRES CERTIFIÉES

Fayard s'engage pour l'environnement en réduisant l'empreinte carbone de ses livres. Celle de cet exemplaire est de :
1 kg éq. CO_2
Rendez-vous sur www.fayard-durable.fr

Dépôt légal : janvier 2023
N° d'édition : 18-1348-2/01 - N° d'impression : 3050766